手心里的太阳

**SHOUXINLIDE
TAI YANG**

最温暖的50个
心灵成长故事

罗婷婷◎编著

石油工业出版社

图书在版编目（CIP）数据

手心里的太阳：最温暖的 50 个心灵成长故事/罗婷婷编著．
北京：石油工业出版社，2011.7
ISBN 978 - 7 - 5021 - 8435 - 3

Ⅰ．手⋯
Ⅱ．罗⋯
Ⅲ．故事-作品集-世界
Ⅳ．I14

中国版本图书馆 CIP 数据核字（2011）第 081599 号

手心里的太阳

出版发行：石油工业出版社
　　　　（北京安定门外安华里 2 区 1 号楼　100011）
　　　　网址：www. petropub. com. cn
　　　　编辑部：（010）64523607　营销部：（010）64523603
经　　销：全国新华书店
印　　刷：石油工业出版社印刷厂

2011 年 7 月第 1 版　2011 年 7 月第 1 次印刷
740×1060 毫米　开本：1/16　印张：11.5
字数：188 千字

定价：19.80 元
（如出现印装质量问题，我社营销部负责调换）

前言

　　一颗钻石的品质，在于它的熠熠光辉；一棵果树的品质，在于它的硕果满枝；一个人的成功，在于他的德才兼备。培根说过："美德好比宝石，它在朴素背景的衬托下反而更华丽。同样，一个打扮并不华贵，却端庄、严肃而有美德的人，是令人肃然起敬的。"人们对美德的认同与敬仰永远都不会消失，永恒的美德使得我们总是能心灵相通。

　　一位老板对一个男孩说："你想找活干吗？"
　　"当然！"男孩回答说。
　　"但是你必须向我证明你有良好的品德。"
　　"当然可以！"男孩回答，"我马上就去找曾经雇佣过我的老板。"
　　"那好，你去把他找来吧，我需要和他好好谈谈你的事情。"老板说。
　　但是老板等了一下午，那个男孩也没有露面。
　　第二天，老板又遇见那个男孩，便责备他的失信。
　　"是的，是我没有让他来见您，"男孩解释说，"因为我以前的老板同我谈了您的品德。"

　　老板从自身的角度出发，自然要对自己的雇员提出品德的要求，可是他在对别人提出品德要求的时候却忽略了对自己的要求，这着实让人感到好笑。但这也正好说明每个人都会珍视那折射心灵高贵的美德，都会敬仰那些具有高贵品德的人，排斥那些品行恶劣的家伙。
　　如果人的一生是一架演奏钢琴，那么，品德就是跳动在琴键上的那双优雅的手，没有良好品德的人，他的人生永远也演奏不出悠然飞翔的音符。 如果人的一生是一幅美丽的丝帛画卷，那么，品德就是织就这幅画卷的经纬；没有良好的品德修养，人的一生就会如一团乱麻。

美德是人生最大的财富，具有美德的人，他的生命会因此而熠熠生辉。 一个人一旦拥有了高贵的品德，哪怕他一生都是一株摇曳的小草，他的人生也会氤氲出温暖心灵的绿意；哪怕他终身都是普通的泥土，他的人生也会弥漫着泥土温润而醇美的馨香；哪怕他一生只是一滴澄澈微小的露珠，他的人生也会流溢出美酒都不可比拟的甘美。

但美德不是与生俱来的，也并非唾手可得，它是心灵所散发出的各种优良情愫的凝合。 它撒播进我们心灵的只是一粒种子，只有我们用心灵去浇灌培育，它才能萌芽长大，长成我们前进旅途上的路标，长成我们人生暗夜航行的灯塔。

古人崇尚美德，因此人人都推崇君子而远离小人，正所谓"近朱者赤，近墨者黑"，同时也读"圣贤书"，从先贤的故事中体会美德的魅力。 今天，我们也可以从结交有德之人、读美德故事来完善自己的品德。 本书精选了50个主题故事和50个名人美德故事，内容涉及友善、孝敬、诚信、责任、勤奋、勇气、谦虚、自强、自律、感恩十个方面的品质，图文并茂，融哲理、幽默和心灵感悟于一体，希望每一位读者在轻松愉快阅读的同时，都能够用心体会这些故事中所蕴涵的人生哲理，更好地理解生活的意义。

孩子们，静下心来细细品味这一篇篇至善至美的美德故事，感受美德直击心灵深处的那份感动吧！

目录

第一辑

为他人开一朵友善之花

弗西姆将金鱼放到水坑的时候，她未必知道自己播下的就是生命的种子，然而这满水坑的金光粼粼中每一片都是一枚美丽的果实，都是对她善意的回报。

爱心不是偶然的

在波斯尼亚的一个小村庄里，住着一个名叫弗西姆的妇人，她有两个可爱的儿子和一个善良的丈夫。

弗西姆的丈夫在奥地利工作。一天，丈夫从奥地利带回两条金鱼，养在鱼缸里，这两条金鱼给他们一家带来了不少乐趣。

不久，波斯尼亚战争爆发了，弗西姆的丈夫为国家献出了生命，而战火也毁灭了他们的家园，弗西姆只好带着孩子到他乡逃难。临行前，弗西姆并没有忘记那两条金鱼，因为那也是两条生命啊，而且还是丈夫给自己和孩子的礼物。她把金鱼轻轻地放入一个水坑里，然后出发了。

几年以后，战争结束了，弗西姆和孩子们重返家园。而家乡仍是一片废墟。弗西姆不知道怎样才能使自己的家重现生机。

忽然，她发现在她曾放入金鱼的水坑里，浮动着点点金光，原来是一群可爱的小金鱼，它们一定是那两条金鱼的后代。

弗西姆突然间看到了希望，她像看到了丈夫的鼓励。她和孩子们精心饲养起那些金鱼来。她相信，生活一定也会越来越好。

弗西姆和她的金鱼故事逐渐流传开来。人们从各地赶来观赏这些金鱼，当然，走的时候也不会忘记买上两条带回家。也许，那金鱼象征着希望。没多久，弗西姆和孩子们凭着卖金鱼的收入，过上了幸福的生活。

当初，弗西姆将金鱼放到水坑的时候，她未必知道自己播下的就是生命的种子，然而这满水坑的金光粼粼中每一片都是一枚美丽的果实，都是对她善意的回报。

（佚名）

美德馨语

两条小小的金鱼，居然改变了一个家庭的命运，真是令人不可思议！其实，真正改变弗西姆一家命运的应该是她当初的爱心。我们无法预言金鱼的繁衍，那是偶然的，但是，爱心不是偶然的。爱心不管在哪里开花，终究有一天都会结出果实。不要放弃任何表达爱心的机会，哪怕只是拯救两条小小的金鱼。

心灵成长感悟

★ 假设你是弗西姆，在当时那种情况下，你会怎样处理那两条小金鱼呢？

★ 生活中，我们经常会遇到一些需要我们付出爱心的事，比如扶老人过马路，给陌生人指路，给有困难的同学、朋友给予帮助，等等。想想，你都做过哪些呢？你认为自己是不是一个富有爱心的人呢？

★ 当你对他人付出爱心后，你的感受怎样呢？

名人美德花园

彭德怀：爱源自一颗高尚无私的心

1947年，西北野战军从敌军手中缴获了上千匹战马。野战军副参谋长王政柱派人选了两匹高大肥壮的枣红马，拴在司令部门前的大树上，准备送给彭德怀司令员。因为彭德怀骑的那匹老马跋山涉水时经常失蹄，有几次险些把他摔下来，所以司令部的同志都认为该给他换匹马了。

3

彭德怀看见那两匹马后，不禁被吸引住了。他仔细地察看了一番，不住地称赞："不错，挺有精神！"他问骑兵通信班的战士："这两匹马是谁的？"一个战士说："是王副参谋长刚给您选来的。"另一个战士补充说："首长那匹马太老了，骑着不安全，也该换一换了。"

彭德怀听说是给自己选的马，刚才的高兴劲儿一下子不见了："我的马怎么不安全？我从延安出来后，一直骑那匹马，不是好好的吗？怎么不安全？真是乱弹琴！"彭德怀背着手，围着那两匹马来回转，十分生气。

王政柱副参谋长得知后，前来解释："这次缴获了那么多马，挑选了两匹，还是把首长那匹换换吧！"听了他的话，彭德怀的火气更大了："你们老是首长首长的，就知道考虑少数人，为什么不先考虑部队？"王副参谋长说："这次缴获的马多，部队需要的已经补充过了。"彭德怀说："马多了还可以送给老百姓嘛！光知道动员老百姓的骡马支前，就不想把多余的马送给老百姓！"彭德怀的语气逐渐缓和下来，但直到最后，他仍坚持说："我的马不准换！"

王副参谋长听了彭司令的话后，感到很为难：无论是战士，还是百姓，都那么关心彭司令的安全，不给彭司令换马怎么向他们交代呢？而彭司令也是爱战士、爱百姓，又如何能够不把马分给他们呢？要是再多缴获一些战马该多好啊！

彭司令见王副参谋长迟迟不吩咐战士把马牵走，就语重心长地对他说："你想想，我们为什么能够取得胜利？在战场上，战士们英勇善战；在后方，百姓积极支援前线作战，真正的功劳是属于他们啊！现在，缴获了战马，不分给他们，分给谁呢？再说，我从延安出来，一直骑着那匹马，我对它有着深厚的感情了，舍不得换啊！"

（杨翠玲）

名人小档案

彭德怀（1898—1974年），中华人民共和国元帅，德高望重的老一辈无产阶级革命家、军事家和政治家，是中国共产党、中华人民共和国与中国人民解放军的卓越领导人之一。他把毕生的精力献给了中国人民的解放事业和社会主义国防及建设事业，建立了不朽的历史功勋。

虽然我至今都不明白，您为什么愿意充当我妈妈，解脱了我，但我总觉得这么多年来，一直好想喊您一声妈妈。

改变一生的闪念

这是我的老师的故事，至今珍藏在我心里，让我明白在人世间，其实不应该放过每一个能够帮助别人的机会。

多年前的一天，老师正在家里睡午觉，突然电话铃响了，她接过来一听，里面传来一个陌生粗暴的声音："你家的小孩偷书，现在被我们抓住了，快来啊!"从听筒里传来一个小女孩的哭闹声和旁人的呵斥声。

老师回头望着正在看电视的唯一的女儿，心中立刻明白过来，肯定是有一个女孩因为偷书被售货员抓住了，而又不肯让家里人知道，所以，胡扯了一个电话号码，却碰巧打到这里。

她本可以放下电话不理，甚至也可以斥责对方，因为这件事和她没任何关系。但通过电话，她隐约设想出，那是一个因一念之差偷书的小女孩，现在一定非常惊慌害怕，正面临着也许是人生中最尴尬的境遇。犹疑了片刻之后，她问清了书店的地址，匆匆忙忙地赶了过去。

正如老师所料的那样，在书店里站着一个满脸泪痕的小女孩，而旁边的大人们，正恶狠狠地大声斥责着。她一下子冲上去，将那个可怜的小女孩搂在怀里，转身对旁边的售货员说："有什么事就跟我说吧，我是她妈妈，不要吓着孩子。"在售货员不情愿的嘀咕声中，她交清了罚款，领着这个小女孩走出了书店。看着那张被泪水和恐惧弄得一塌糊涂的脸，她笑了笑，将小女孩领到家中，什么都没有问。小女孩临走时，老师特意叮嘱道，如果你要看书，就到阿姨这里来吧。惊魂未定的小女孩，深深地看了她一眼，便飞一般地跑掉了，从此再也没有出现。

一晃十几年过去了。一天中午，门外响起了一阵敲门声。老师打开房门后，看到了一个年轻漂亮的陌生女孩，满脸笑容，手里拎着一大堆礼物。"你找谁?"老师疑惑地问。但女孩却激动地说出了一大堆话。好不容易，她才从那陌生女孩的叙述中，恍然明白，原来她就是当年那个偷书的小女孩，已经大学毕业，现在特意来看望自己。

女孩眼睛里泛着泪光，轻声说道："虽然我至今都不明白，您为什么愿意充当我妈妈，解脱了我，但我总觉得这么多年来，一直好想喊您一声妈妈。"老师的眼睛开始模糊起来，她有些好奇地问道："如果我不帮你，会发生怎样的结果呢？"女孩轻轻摇着头说："我说不清楚，也许就会去做傻事，甚至去死。"老师的心猛地一颤。

望着女孩脸上幸福的笑容，老师也笑了。

（佚名）

美德馨语

如果不是那设身处地为小女孩着想的一念，老师或许就不会去管这个闲事，而一个女孩的命运，就可能朝着灰暗的方向走去。善良的心灵，不会仅仅从自己的立场上看问题，而是会想一想对方的感受，去做对对方来说最体贴、最需要的事情。

心灵成长感悟

★ 为什么老师在接回偷书的女孩后，什么也没有问？你认为老师应不应该批评女孩，让她吸取一下教训。

★ 有人认为老师将偷书的女孩接回家，无疑让自己丢了面子，你是怎样认为的呢？

★ 你接到过莫名其妙的电话吗？当时你是怎么做的？看完了这个故事，你觉得自己再遇到这样的情况时你会怎么做？

名人美德花园

阿尔弗雷德：用行动来谱写善良

阿尔弗雷德的家里比较贫穷，所以父母每天都为了一家人的生计奔波忙碌。为了能帮助父母减轻一点负担，阿尔弗雷德决心去摆一个小书摊，并把自己的计划告诉了父母。

最初，阿尔弗雷德的父母并不同意他这么做，担心这样会影响到他的学业，后来，在阿尔弗雷德的软磨硬泡下，他的父母终于同意了。

很快，阿尔弗雷德就成了一个小书摊的摊主了。因为他服务热情，而且有很多有趣的图书，所以小书摊的生意特别好。在劳动中，阿尔弗雷德学到了许多知识，也认识了很多朋友，每天都过得特别充实。

有一天，已经接近傍晚了，阿尔弗雷德正在收拾东西，准备回家吃晚饭。这时，有4个和他差不多大的孩子围了过来，其中一个还故意碰翻了他的书摊。阿尔弗雷德正要责备那个孩子，另一个孩子赶紧说对不起，并帮着他去捡书。小阿尔弗雷德刚说了一声"谢谢"，冷不防被其中一个孩子绊倒了。这时，4个孩子一起冲上来，把他压在身子下面。一个孩子厉声问道："你的钱呢？钱在哪里？快点给我们！"当4个孩子在他身上乱搜的时候，他又气又急，慌乱中，他忽然看见街对面有一个警察，就大喊了一声："警察来了！"那4个孩子看见警察来了，都慌了，爬起来就跑。其中有一个孩子比较小，跑得慢，所以被阿尔弗雷德一把给抓住了。

警察看着凌乱的书摊和两个孩子，很严肃地问道："这里发生了什么事？你们两个在做什么？"阿尔弗雷德看了看旁边那个孩子，说："他想……他想租书看，可是我要收摊回家吃晚饭了。所以他就帮我收拾摊子。"警察见没有发生什么事情，就微笑了一下，走开了。阿尔弗雷德拉了拉那个孩子的手，说："来，快点帮我收拾东西。"那个孩子感到很意外，他迷惑不解地问阿尔弗雷德："刚才，你……你为什么不报告警察？"阿尔弗雷德并没有回答，却反问那个孩子："你们为什么要来抢我的钱呢？"

那个小孩低下头，不好意思地说："我们已经观察你好几天了，本来也没想抢你的钱，可是今天我们没有弄到吃的东西，都饿坏了，所以才……""就因为我看到你们的衣服很破旧，所以我知道你们抢钱肯定也是迫不得已。我也是穷人家的孩子，所以我才没有报告警察。"阿尔弗雷德诚恳地说。

收拾好书摊之后，阿尔弗雷德对那个孩子说："你跟我一起走吧，咱们一起吃饭去。"那个孩子很感动，使劲点了点头。阿尔弗雷德带着他到附近的小吃店里，吃完饭后，又买了几张饼，说："你带给你的朋友们吧。欢迎你们明天还到我这里来，我可以请你们免费看书。"

第二天，直到很晚了，那4个孩子才来。这时，阿尔弗雷德才知道，他们原来都是流浪儿，靠乞讨和捡破烂为生。从那以后，阿尔弗雷德总是尽量帮助他们，而这4个孩子只要有时间，就会聚集在书摊上看书，帮阿尔弗雷德收拾书摊。后来，他们成了很好的朋友。

（佚名）

　　阿尔弗雷德·赫尔曼·弗里德（1864—1921年），奥地利著名记者，一生从事出版和新闻事业。他以出版和新闻工作为武器，积极为和平事业奋斗。由于在和平运动方面所作出的巨大贡献，他于1911获得诺贝尔和平奖。

这匆匆一遇，姓名是没记住，但两个人记住了彼此间不变的善良。

不变的善良

　　一位老人路过乡村公路时，被一辆从后面开过来的车撞到了，老人倒在了地上。路上没有行人，也没有人看见所发生的一切。

　　车停了下来，从里面走出一个又白又胖的男人。男人看了看老人，老人就要坐起来。男人说：“您先别动，伤着哪里了？”老人说：“轻轻地碰了一下，没伤着。”男人又看了看老人，说：“您真的没伤着？”老人说：“我真的没伤着。”男人说：“您没伤着，那我走了啊。”老人说：“你走吧。”

　　男人走到车门边，要打开车门上车时，又回到老人身边，说：“您真的没伤着，那我真的走了啊！”老人说：“我真的没伤着，你走吧。”男人上了车，发动了引擎，又熄了火下来，再次走到老人身边，说：“您真的没伤着？那你坐起来给我看看。”老人就动了一下，想坐没坐起来。男人说：“要不要我扶一下？”老人说：“不用，人老了。起床时也不能一下子就起来。”老人挣扎了一下，坐了起来。

　　男人帮老人拍了拍身上的衣服，看了看老人的头和手，又对老人说：“您真的没事？那你站起来走几步我看看。”老人用手撑了一下地，踉跄了一下，站了起来走了几步，说：“是吧？我真的没伤着。”男人看了，笑着说：“您真没伤着，可是，您要是说您伤着了，我会给你钱的，您真傻。”老人也笑了，说：“你还说我呢？你还不是一样傻？这里没人看见，

你是可以走的，可你怎么没走？幸好我没受伤，我要是受伤了，你少不了要花一笔钱为我治伤。"

两人笑过了，男人又看了看老人，说："恕我冒昧地说，您的日子应该过得不太宽裕吧？您虽然穷，可您还是这样善良！"老人也看了看男人，说："看得出，你不是发了财的就是当了官的，你不是有了钱就是有了权，你这么发达了，可你还是这样善良！"男人拍了一下老人的肩膀，说："您真是好样的。"老人握了一下男人的手，说："你也一样。"两人就分开了。

这匆匆一遇，姓名是没记住，但两个人记住了彼此间不变的善良。

（节选自黄艺宁《不变的善良》，有改动）

美德馨语

心怀善意、真诚待人的人，他的生命是有回声的，你送去什么它就送回什么，你给予什么就会得到什么。与人相处，就像面对一面镜子，你笑他就笑，你哭他就哭。善待他人，也就是在善待自己；关爱他人，也就是在关爱自己。故事中的老人和男人用同样的友善换来了彼此真诚的回报，这就是生命的美丽回声。

心灵成长感悟

★ 现在汽车撞人的事故连连发生，有些司机为了逃避责任而竭力逃逸，完全不顾被撞者的死活，你是怎样看待这些司机的？

★ 在北京的街头曾经出现过一位靠"碰瓷"来养活家人的老人，对于这位老人你该怎样评价？

★ 回想一下，当别人不小心伤害到你了，你的反应是怎样的，你觉得自己的做法恰当吗？

名人美德花园

亚历山大：友善成就宽阔的胸襟

一次亚历山大骑马旅行到俄国西部。他来到一家乡镇小客栈，为进一步了解民情，他决定徒步而行。当他穿着没有任何军衔标志的平纹布衣走到一个三岔路口时，却记不清回客栈的路了。

他无意中看见有个军人站在一家旅馆门口，于是，他走上去问道："朋友，你能告诉我去客栈的路吗？"

那军人叼着一只大烟斗，头一扭，把身着平纹布衣的亚历山大上下打量一番，傲慢地答道："朝右走！"

"谢谢！"亚历山大又问道，"请问离客栈还有多远？"

"一英里。"那军人生硬地说，并瞥了亚历山大一眼。

亚历山大抽身道别，刚走出几步又停住了，回来微笑着说："请原谅，我可以再问你一个问题吗？如果你允许我问的话，我想问你的军衔是什么？"

军人猛吸了一口烟说："你猜猜。"

亚历山大风趣地说："中尉？"

军人的嘴唇动了一下，意思是说不止中尉。

"上尉？"

军人摆出一副很了不起的样子说："还要高些。"

"那么，你是少校？"

"是的！"他高傲地回答。

于是，亚历山大敬佩地向他敬了一个礼。

这时，那少校转过身来，摆出一副对下级说话的高傲姿态，问道："假如你不介意，请问你是军人吗？是什么军衔？"

亚历山大乐呵呵地回答："你猜？"

"中尉？"。

亚历山大摇头说，"不是。"

"上尉？"

"也不是！"

少校走近仔细看了看说："那么你也是少校？"

亚历山大静静地说："继续猜！"

少校取下烟斗，那副高傲的神情一下子消失了。他用十分尊敬的语气低声说："那么，您是部长或将军？"

"快猜着了。"亚历山大说。

"殿……殿下是陆军元帅吗？"少校结结巴巴地说。

亚历山大说："我的少校，再猜一次吧！"

"皇帝陛下！"少校的烟斗从手中一下掉到了地上，猛地跪在亚历山大面前，忙不迭地喊道："陛下，饶恕我！陛下，饶恕我！"

"饶你什么？朋友。"亚历山大笑着说，"你没伤害我，我向你问路，你告诉了我，我还应该谢谢你呢！"

（佚名）

名人小档案

亚历山大（公元前356—公元前323年），古代马其顿国王，亚历山大帝国皇帝，世界古代史上著名的军事家和政治家。他20岁继承王位，凭借自身的聪明和果敢迅速平息了各城邦的暴动。公元前334年，征服了整个波斯帝国。公元前323年，年仅32岁的亚历山大不幸殒命，死因至今仍是个谜团。

一样清澈、甘甜的井水，慷慨地馈赠，得到的是真诚的感激和酬谢，而一味地贪图回报，收到的则是无端的怀疑和必然的冷落。

甘甜的不只是井水

在通往某旅游区的路旁，住着一位心地善良的老人。老人有一口井，据说打到了泉眼上，因而不仅水量充裕，而且特别地清澈、甘甜，来往的过路人喝一口他的井水，总忍不住要喝第二口。

在旅游的旺季，那些来自远方城市的大小车辆，总会在老人的小屋前停下来。那些游客中偶有一人喝了老人的井水，总会惊讶地大声地呼唤同伴快来品尝。

于是，众人就拥到老人的井旁，痛快地喝着井水，不住地赞叹，说那井水比他们随身携带的高级饮料还好喝，有的游客干脆倒了饮料，灌上井水，有的就向老人借个壶装上满满的一壶井水，带在身上。

老人看着那些城里人畅快地饮着井水，听着不绝于耳的赞美，心里美滋滋的，嘴里不断地让着："好喝，就多喝点儿，这井水喝不坏肚子，还治病呢。"

看老人如此热情，又听说井水还能治病，游客们喝得更来劲儿了。有不少人临走时，还没忘了用大壶小桶装得满满的，说带回去给家里人尝尝。

游客中有人就嬉笑说："老人家，喝你的井水，你应该收费啊。"

老人就摇头："喝点儿水，还收什么费呢？愿意喝，你们就管够喝。"

看到老人如此慷慨，很多游客就把身上带的好吃的、好喝的，争着、抢着往老人手里塞，说让老人品尝品尝他可能没吃过的城里带来的东西。

老人一再推让不得，就像欠了游客许多似的，忙着跑到园子里，摘些新鲜的瓜果塞到大家兜里，看着他们高高兴兴地吃着、喝着，他也兴奋得跟过年似的。

就这样，不知不觉过了好几年，老人和他的那口井不知接待了多少游客。

有一年，老人病了，被他的儿子接到县城里了，他的一个侄子来替他看屋。

游客又来喝井水了，他的侄子见此情景，觉得发财的机会到了，就灌了许多瓶井水，摆放在路口，标价出售。

奇怪的是，竟没人问津。

老人的侄子就埋怨：这些城里人真抠，光想不花钱喝水。游客们则议论纷纷：井水都拿来卖钱了，这人挣钱也真是挣绝了，再说他那瓶子干净吗？水里放别的东西了没有……

于是，老人的小屋前，再没了往年热闹的场面，没人去讨水喝，更没有人给老人的侄子送东西了。似乎人们忘了或根本不知道眼前还有一口清泉，那清澈、甘甜的井水，足以让人陶醉。

老人病好归来后，又开始免费供应井水，游客前来喝水的又渐渐地多了起来，游客们纷纷地给老人带来很多物品，有的还很贵重，老人推都推不掉，还有不少人真诚地邀请老人去城里做客……

道理就这么简单：一样清澈、甘甜的井水，慷慨地馈赠，得到的是真诚的感激和酬谢，而一味地贪图回报，收到的则是无端的怀疑和必然的冷落。

（选自崔修建《不变的善良》，有改动）

美德馨语

甘甜的不只是井水，还有老人慷慨真诚的心灵和简单而质朴的爱。这份爱拥有传染的魔力，她可以波及任何人的心灵。我们每个人的心灵深处都保留着一块温软的园地，可以感受爱，可以被爱感动。正是因为有了爱，我们的世界就像多了一个温暖的太阳，而更加灿烂而美好。

心灵成长感悟

★ 同样一口井水，老人慷慨赠与他人得到了很多真诚的回报，而老人的侄子出售给他人，却没有丝毫回报，这是为什么呢？

★ 说一说上一次你和他人分享是什么时候？当他人分享你的东西时，你的感受怎样呢？

名人美德花园

托尔斯泰：在友善中感受快乐

托尔斯泰虽然很有名，又出身贵族，但他喜欢和平民百姓在一起，与他们交朋友，从不摆大作家的架子。

一次，他长途旅行时，路过一个小火车站。他想到车站里走走，便来到月台上。这时，一列火车正要开动，汽笛已经拉响了。托尔斯泰正在月台上慢慢走着，忽然，一位先生从列车车窗里冲他直喊："老头儿！老头儿！快替我到候车室把我的皮包取来，我忘记提过来了。"

原来，这位先生见托尔斯泰衣着简朴，还沾了不少尘土，便把他当做车站的搬运工了。

托尔斯泰赶忙跑进候车室拿来皮包，递给了这位先生。

"谢谢啦！"那位先生对着托尔斯泰说，并随手递给他一枚硬币，"这是赏给你的。"

托尔斯泰接过硬币，瞧了瞧，装进了口袋。

就在这位先生赏给托尔斯泰硬币的时候，旁边的一位旅客认出了这个风尘仆仆的"搬运工"，就大声对这位先生叫道："先生，您知道您赏钱给谁了吗？他就是托尔斯泰呀！"

"啊！老天爷呀！"他惊呼起来，"我这是在干什么事呀！"他对托尔斯泰急切地解释说："托尔斯泰先生！托尔斯泰先生！看在上帝的面上，请别计较！请把硬币还给我吧，我怎么能给您小费，多不好意思！我这是干出什么事来啦！"

"先生，您干吗这么激动？"托尔斯泰满面笑容地说，"您又没做什么坏事！这个硬币是我挣来的，我得收下。"

汽笛再次长鸣，列车缓缓开动，带走了那位惶惑不安的先生，留下了快乐的托尔斯泰。

（佚名）

名人小档案

列夫·尼古拉耶维奇·托尔斯泰（1828—1910年），19世纪末20世纪初俄国最伟大的文学家，也是世界文学史上最杰出的作家之一。他的文学作品在世界文学中占有重要的地位，其代表作有长篇小说《战争与和平》、《安娜·卡列尼娜》、《复活》。

母亲不生气，俯身搬起砖来。还故意只用一只手搬，搬了一趟才说："你看，一只手也能干活。我能干，你为什么不能干呢？"

高贵的施舍

一个乞丐来到我家门前，向母亲乞讨。这个乞丐很可怜，他的右手连同整个手臂断掉了，空空的衣袖晃荡着，让人看了很难受。我以为母亲一定会慷慨施舍的，可是母亲指着门前的一堆砖对乞丐说："你帮我把这堆砖搬到屋后去吧。"

乞丐生气地说："我只有一只手，你还忍心叫我搬砖，不愿给就不给，何必刁难我？"

母亲不生气，俯身搬起砖来。还故意只用一只手搬，搬了一趟才说："你看，一只手也能干活。我能干，你为什么不能干呢？"

乞丐怔住了，他用异样的目光看着母亲，喉结像一枚橄榄上下滚动两下，终于俯下身子，用仅有的一只手搬起砖来，一次只能搬两块。他整整搬了两个小时，才把砖搬完，累得气喘如牛，脸上有很多灰尘，几缕乱发被汗水濡湿了，斜贴在额头上。

母亲递给乞丐一条雪白的毛巾。乞丐接过去，很仔细地把脸和脖子擦干净，白毛巾变成了黑毛巾。母亲又递给乞丐20元钱。乞丐接过钱，很感动地说："谢谢你。"

母亲说："你不用谢我，这是你凭力气挣的工钱。"

乞丐说："我不会忘记你的。"他向母亲深深地鞠了一躬，就转身离开了。

过了很多天，又有一个乞丐来到我家门前，向母亲乞讨。母亲又让乞丐把屋后的砖搬到屋前，照样给他20元钱。

我不解地问母亲："上次你叫乞丐把砖从屋前搬到屋后，这次又叫乞丐把砖从屋后搬到屋前。你到底是想把砖放在屋后还是屋前？"

母亲说："这堆砖放在屋前屋后都一样。"

我撅着嘴说："那就不要搬了。"

母亲摸摸我的头说："对乞丐来说，搬砖和不搬砖就不一样了……"

此后又来了几个乞丐，我家那堆砖就屋前屋后地被搬来搬去。

几年之后，有个穿着很体面的人来到我家。他西装革履，气度不凡，跟电视上那些大老板一模一样。美中不足的是，他只有一只手，右边是一条空空的衣袖，一荡一荡的。

他握住母亲的手，俯下身说："如果没有你，我现在还是个乞丐。因为当年你叫我搬砖，今天我才能成为一个公司的董事长。"

母亲说："这是你奋斗拼搏得来的。"

独臂的董事长要把母亲连同我们一家人迁到城里去住，过好日子。

母亲说："我们不能接受你的照顾。"

"为什么？"

"因为我们一家人个个都有两只手！"

董事长坚持说："我已经替你们买好房子了。"

母亲笑一笑说："那你就把房子送给连一只手都没有的人吧！"

（杨汉光）

美德馨语

毫无考虑的施舍并不是最大的恩惠，也并不是最温情的友善。一味的施舍，只会让一颗卑微的心灵更加甘于贫困，而付出劳动后的收获，却让乞丐体会到什么是尊严，什么是劳有所获。故事中的乞丐凭着那份拼搏和坚持，用仅有的一只左手，同样创造出绚丽多彩的人生。

心灵成长感悟

★ 读了这个故事，你有什么感想呢？你可以分别站在妈妈和乞丐的角度来谈。

★ 你有没有向人施舍过，你是怎么给予的，你认为你做得恰当吗？以后遇到这样的情况，你该怎么办呢？

★ 当身边的人毫无考虑地向人施舍时，你想对他们说些什么吗？

名人美德花园

道格拉斯·麦克阿瑟：尊重彰显真诚的爱

1945 年 9 月 2 日，日本投降仪式在美舰"密苏里"号上举行。上午

17

9时，占领军最高司令道格拉斯·麦克阿瑟将军出现在甲板上，这是一个令全世界为之瞩目和激动的伟大场面。面对数百名新闻记者和摄影师，麦克阿瑟突然做出了一个让人吃惊的举动，有记者这样回忆那一历史时刻："陆军五星上将麦克阿瑟代表盟军在投降书上签字时，突然招呼陆军少将乔纳森·温斯特和陆军中校亚瑟·帕西瓦尔，请他们过来站在自己身后。1942年，温斯特在菲律宾、帕西瓦尔在新加坡向日军投降，两人都是刚从战俘营里获释，然后乘飞机匆匆赶来的。"

可以说，这个举动几乎让所有在场的人都感到惊讶、嫉妒和感动。因为他们现在占据着的是历史镜头前最显要的位置，按说该属于那些战功赫赫的常胜将军才是，现在这巨大的荣誉却分配给了两个在战争初期就当了俘虏的人。麦克阿瑟为什么会这样做？其中大有深意：两人都是在率部苦战之后，因寡不敌众，没有援兵，且在接受上级旨意的情势下，为避免更多青年的无谓牺牲，才忍辱负重放弃抵抗的。在记录当时情景的一幅照片中，两位"战俘"面容憔悴，神情恍惚，和魁梧的司令官相比，体态瘦薄得像两株生病的竹子，可见在战俘营没少遭罪吃苦。

然而，在这位麦克阿瑟将军眼里，似乎仅让他们站在那儿还嫌不够，他做出了更惊人的举动——

"将军共用了5支笔签署英、日两种文本的投降书。第一支笔写完'道格'即回身送给了温斯特，第二支笔续写了'拉斯'之后送给帕西瓦尔，其他的笔完成所有手续后分赠给美国政府档案馆、西点军校（其母校）和其夫人……"

麦克阿瑟可谓用心良苦，他用特殊的荣誉方式向这两位尽职的落难者表示了尊敬和理解，向他们为保全同胞的生命而作出的个人名誉的巨大牺牲和所受苦难表示感谢……

（佚名）

名人小档案

道格拉斯·麦克阿瑟（1880—1964年）美国著名的军事指挥家，第二次世界大战时期历任美国远东军司令，西南太平洋战区盟军司令；战后出任驻日盟军最高司令和"联合国军"总司令等职。

第二辑

百善当中以孝为先

这是我们每个人的故事。树就是我们的父母。

树的故事

很久以前，有一棵大大的苹果树。一个小男孩每天都喜欢来这儿玩。他有时爬到苹果树上吃苹果，有时躲在树阴里打个盹儿……

时光流逝，小男孩渐渐长大。

一天，小男孩回到苹果树旁，一脸忧伤。树说："和我一起玩吧！"

男孩回答："我已经不是小孩子了，我想要玩具，我想有钱来买玩具。"

树说："抱歉，我没有钱……但你可以摘下我的苹果拿去卖。"

男孩把苹果摘了个精光，开心地离去了。

一天，男孩回来了，树喜出望外。树说："和我一起玩吧！"

"我没有时间玩。我要做工养家，我们要盖房子来住。你能帮我吗？"

"你可以砍下我的树枝来盖房子。"

男孩把树枝砍了个精光。

一个盛夏，男孩回来了，树雀跃万分。男孩说："我越来越老了，我想去划船，悠闲一下。你能给我一条船吗？"

"用我的树干去造一条船吧。你可以开开心心地想划多远就划多远。"

男孩锯下树干，造了一条船。

终于，多年以后，男孩又回来了。树说："抱歉，我的孩子，可惜我现在什么也不能给你了……我唯一留下的就是枯老的根了。"树流着泪说。

"我现在只要有个地方歇一下就好了。经过了这些年，我太累了。"男孩说，"老树根是歇脚的最好的地方了。"

男孩坐了下来，树开心得热泪盈眶……

这是我们每个人的故事。树就是我们的父母。

当我们长大后，离开父母，只有当我们有求于他们或遇到麻烦的时候，我们才回家。

你可能觉得男孩对树太无情，然而我们谁又不是那般对待我们的父母的呢？

（江江）

美德馨语

苹果树伴随男孩走过了漫漫人生路上的一切坎坷，并无私奉献了它的所有果实、树枝、树干。最后老得只剩下了一堆枯朽的根了，却依然毫不犹豫地腾出来给疲惫归来的男孩歇歇脚……在这个世界上，除了我们的父母，还有谁能像这棵树一样无私地为我们倾其所有呢？想想，我们又是怎样回报父母的呢？

心灵成长感悟

★　为什么作者说这是我们每一个人的故事，树就是我们的父母？你觉得自己的父母和这棵树有什么共同特征吗？你像故事中的小男孩吗？

★　今后你要对自己的父母说点什么或者做点什么呢？

名人美德花园

阿尔贝·加缪：用孝心成就辉煌

阿尔贝·加缪是法国当代著名的小说家和哲学家，也是1957年诺贝尔文学奖获得者，他在文学和哲学领域取得了不凡的成就。除此之外，也许很多人还不知道，他从小就是一个十分孝顺的孩子。

加缪出生于一个贫苦的家庭。在他还不怎么懂事的时候，父亲就在战场上牺牲了，只剩下母亲与他相依为命。因为家里没有固定收入，所以加缪和妈妈生活得特别艰难。为了不让加缪在同伴中感到自卑，到了上学年龄以后，妈妈毫不犹豫地把他送到学校读书了。可是，懂事的加缪很快就发现，因为上学又增加了学费和其他一些花销，妈妈肩上的担子更重了。

为了加缪，妈妈每天都努力地工作着，每天都拖着疲惫的身体干这干那，由于常常熬夜，脸上就已经早早地爬满了皱纹。懂事的加缪看在眼里，疼在心里。一天晚上，加缪伏在一盏小煤油灯下复习功课，写完作业后，他看见妈妈还在忙碌，自己又帮不上忙，就早早地上床睡觉了。

半夜里，加缪忽然被一阵咳嗽声惊醒了，睁开眼睛一看，原来妈妈还没有睡，她正借着微弱的灯光缝补衣服。加缪再也忍不住了，他一骨碌从被子里爬出来，对妈妈说道："妈妈，我以后再也不能让你这么辛苦了。你看，我已经长大了，是个小男子汉了，你就让我去找点活儿干，帮你减轻一下家里的负担吧！"

加缪善解人意的话，使妈妈的眼睛湿润了。她把加缪紧紧地搂在怀里，泪水顺着面颊流了下来。

"妈妈，难道我说错了吗？你为什么哭了？"加缪有些不知所措地说。

"好孩子，你没有说错。可是你现在还太小了，妈妈怎么舍得让你去干活儿呢？你现在需要的是好好学习，只有快快长大，并且取得了优异的成绩，才能帮助妈妈减轻负担呀。"妈妈抚摸着加缪的头轻轻说。

听了妈妈的话，加缪认真地点了点头，从那以后，他学习更认真了。但是，无论妈妈怎么坚持、怎么努力，他们家的生活却越来越困难了。读完小学以后，加缪再也不忍心让妈妈一个人日夜操劳了，在他的一再央求下，妈妈终于答应了他的要求，让他去做些事情，帮助家里减轻负担，但前提条件是不能耽误自己的学习。

从那以后，加缪一边读书，一边劳动。刚开始的时候，他找到了一份扫大街的工作。对加缪来说，这份工作无疑是份苦差事。加缪每天很早就需要起床，然后拿着几乎跟他一样高的扫帚去扫大街。人小，扫的地方又大，加缪常常累得满头大汗。

为了帮助妈妈减轻负担，加缪坚持过来了。之后，加缪又到一个饭馆去洗碗。这个工作和扫大街的工作比起来更辛苦，加缪和几个小伙计每天都拼命干活，还常常不能按时洗完那些小山一样高的碗碟。

艰难的生活使他经受了磨炼，也培养了他刻苦勤奋的优良品格。后来，他通过不懈的努力，考取了大学，并最终获得了诺贝尔文学奖，成为举世瞩目的大文学家。

（佚名）

名人小档案

阿尔贝·加缪（1913—1960年），法国小说家、哲学家、戏剧家、评论家。曾获法国批评奖、1957年诺贝尔文学奖。主要作品有：长篇小说《鼠疫》，中篇小说《局外人》，剧本《误会》、《卡利古拉》，哲学论文集《西西弗的神话》等。

牛被打得皮开肉绽、哀哀叫唤，但还是不肯让开。鲜血沁了出来，染红了鞭子，老牛的凄厉哞叫，和着沙漠中阴冷的酷风，显得分外的悲壮。

舐犊情深

这是一个真实的故事，故事发生在西部的青海省，一个极度缺水的沙漠地区。这里，每人每天的用水量严格地限定为三斤，这还得靠驻军从很远的地方运来。日常的饮用、洗漱、洗菜、洗衣，包括喂牲口，全都依赖这三斤珍贵的水。

人缺水不行，牲畜也一样。有一天，一头一直被人们认为憨厚、忠实的老牛渴极了，它挣脱了缰绳，强行闯入了沙漠里唯一的也是运水车必经的公路。运水的车终于来了，老牛以不可思议的识别力，迅速地冲上公路，军车一个紧急刹车戛然而止。老牛沉默地立在车前，任凭驾驶员呵斥驱赶也不肯挪动半步。五分钟过去了，双方依然僵持着。运水的战士以前也碰到过牲口拦路索水的情形，但它们都不像这头牛这般倔强。人和牛就这样耗着，最后造成了堵车，后面的司机开始骂骂咧咧，性急的甚至试图点火驱赶，可老牛不为所动。

后来，牛的主人寻来了，恼羞成怒的主人扬起长鞭狠狠地抽打在瘦骨嶙峋的牛背上。牛被打得皮开肉绽、哀哀叫唤，但还是不肯让开。鲜血沁了出来，染红了鞭子，老牛的凄厉哞叫，和着沙漠中阴冷的酷风，显得分外的悲壮。一旁的运水战士哭了，骂骂咧咧的司机也哭了。

最后，运水的战士说："就让我违反一次规定吧，我愿意接受一次处分。"他从车上取出半盆水——正好三斤左右，放在牛面前。

出人意料的是，老牛没有喝以死抗争得来的水，而是对着夕阳，仰天长哞，似乎在呼唤什么。

不远的沙堆背后跑来一头小牛，受伤的老牛慈爱地看着小牛贪婪地喝完水，伸出舌头舔舔小牛的眼睛，小牛也舔舔老牛的眼睛。静默中，人们看到了母子眼中的泪水。

没等主人吆喝，在一片寂静无语中，它们掉转头，慢慢往回走……

（佚名）

美德馨语

有一种爱无人能比，那就是母爱。母爱带给我们心灵的触动，无法用语言来形容。无论生命以何种形式存在和延续，母亲爱的光华永不会抹灭，挣扎在痛的煎熬中，爱的壮烈足以感动天地。

心灵成长感悟

★ 如果这个故事感动了你，请你用自己的语言把它讲给你的朋友听。

★ 回想一下，父母为你做过哪些令你深深感动的事情。

★ 当父母劳累、生病或需要你帮助的时候，你是怎样做的呢？你觉得自己做得够好吗？以后遇到类似的情况，你会怎么办呢？

名人美德花园

郯子：孝心深厚破万难

周朝有个叫郯子的人，祖上世代以耕种为生。他的父母都是老实人，他们披星戴月地一年忙到头，也只能让一家人过上半饥半饱的生活。不料，有一年赶上闹灾荒，田里收成不济，日子越发艰难了。郯子的父母为此忧急交加，一时心火上攻，双双眼睛失明，这可急坏了小小年纪的郯子。

为了给父母治病，郯子每天半糠半菜地侍奉他们充饥后，就到处求人，寻医问药。

一天，郯子到深山采药，路过一座庙，便进去讨口水喝。在里面他遇见了一位方丈，他见方丈童颜仙骨，就向他请求治疗眼疾的药方。老方丈问明了其间的缘由，于是沉吟一下说："药方倒有一个，恐怕你采不来。"

"请说，我会舍命去采的！"

"鹿奶，鹿奶可以治眼疾。"

听后，郯子立即叩头谢过方丈，飞步地赶往鹿群出没的树林中。这里的鹿确实不少，可它们却十分聪敏灵活，一见有人靠近，就一阵风似的逃跑了。

怎样才能弄到鹿奶呢？郯子绞尽脑汁，昼思夜想。

一天，他见村东头猎户家的墙头上晒着一张鹿皮，忽地眼前一亮：把鹿皮借来，披在身上，扮成小鹿的模样，不就能悄悄接近鹿群了吗？

于是，郯子迫不及待地走进猎户家，说明自己的来意。好心的猎户欣然地把鹿皮借给了他，并指点他如何模仿小鹿四肢跑跳的动作。经过多次演练，郯子竟然举腿投足都像一只活脱脱的小鹿。

第二天，郯子用嘴叼着一只木碗，悄悄地蹲在树林里。待鹿群走近时，披着鹿皮的郯子像一只小鹿似的不紧不慢地凑到一只母鹿身边，轻手轻脚地挤了满满一木碗鹿奶。直到鹿群走开了，他才站起身来，捧着鹿奶直奔家中。

从这以后，郯子多次用扮成小鹿的办法，去挤母鹿的奶汁。他的父母由于常常喝到鲜美的鹿奶，身体一天天强壮起来，后来，他们失明的眼睛，果然奇迹般地恢复了光明。

乡亲们知道了，都夸奖郯子是个孝敬父母的好孩子。

（佚名）

名人小档案

郯子（生卒年月不详），春秋时期郯国国君。郯子的仁孝之德，历来为海内外称道。在我国历史上传颂不衰的"二十四孝"中，郯子"鹿乳奉亲"的美德一直被视为楷模。

只要心中有爱，无论在多么贫瘠的土壤上，都能长出最粗壮的树木。

为爱种一片树林

　　法国南部马尔蒂夫的小镇上，有一位名叫希克力的男孩。在他 16 岁那年，相依为命的父亲不幸患上了一种罕见的肺病。希克力陪同父亲辗转各大医院，医生们都束手无策，只是建议说如果病人能生活在空气新鲜的大森林里，改善呼吸环境，或许会有一线生机。但这到底有多少希望，他们也不清楚。

　　遗憾的是，希克力父亲的身体已经非常虚弱，无法忍受长途旅行到有森林的地方生活。看着父亲的病越来越重，希克力心急如焚。突然，他灵机一动："我为什么不自己种植一些树呢？等这些树长大了，也许父亲的病就真的好起来了。"

　　父亲听说儿子要为自己种树后，很是感动，却苦笑着对希克力说："我们这里缺少水源，气候干燥，土壤贫瘠，让一棵树存活谈何容易？还是算了吧！"但希克力还是暗暗下定决心，一定要在自家门前种出一片茂密的树林来，因为这是唯一让父亲的生命得以延续的方法。

　　从此，希克力攒下父亲给他的每一分零花钱，有时连早餐都舍不得吃，周末他还会到镇上去卖报纸和做些零工。攒了一些钱后，希克力就乘车到 200 多英里外去买树苗。卖树苗的老板杰斐逊劝他不要做无用功，

因为小镇自然条件恶劣，树木很难成活。可是当得知希克力是为了拯救父亲的生命时，他被深深地感动了。此后，他卖给希克力的树苗常常收半价，有时还会送给他一些容易成活的树苗，并教他一些栽培知识。

希克力在自家门前挖坑栽培，吃力地提着一桶桶水灌溉树苗。由于当地干旱少雨，土壤缺乏养分，大部分树苗种下后很快就干枯死去。镇上的很多人都劝希克力放弃这个"愚蠢"的想法，但他总是一笑了之。每天早晨，希克力起床的第一件事就是去看看树苗有没有枯死、长高了多少。一年下来．他最初栽下的100多株树苗成活了43株。

此时的希克力已经高中毕业了，但为了照顾父亲，他主动放弃了上大学的机会。有人说希克力神经错乱，有人说他太迂腐，更没有人相信这些跟人差不多高的植物能够挽救一个连医生都治不好的病人。希克力从不把这些流言飞语放在心上，只是一如既往地种树。

一年又一年过去了，希克力种的树苗越来越多，许多树苗已渐渐长高长粗。希克力经常搀扶着父亲去树林里散步，老人的脸上也渐渐有了红润，咳嗽比以前少多了，体质也增强了很多。

此时，再没有人讥笑希克力是疯子了，因为所有居民都亲眼目睹了绿色树木的魔力。树林带来了新鲜的空气，引来了歌唱的小鸟，小镇变得越来越美丽了。

希克力种树拯救父亲生命的故事在巴黎国际电视台第六频道播出后，不少媒体纷纷转播。许多人被希克力的孝顺、爱心、挑战自然的勇气以及不屈不挠的精神感动得热泪盈眶。一些绝症患者还向希克力索要树叶，说那象征着生命的绿色。

小镇的人也纷纷投入到种树的行动中，树林越来越多，面积扩大到了数百公顷，放眼望去，小镇四周都是绿色的屏障。

2004年，39岁的希克力被巴黎《时尚之都》杂志评为法国最健康、最孝顺的男人。令希克力欣喜万分的还不止这些，2005年初，医学专家对希克为父亲再次诊治时发现，老人身上的肺部病灶已经不可思议地消失了，他的肺部如同正常人一样健康。

医生感慨地说："在这个世界上，爱是最神奇的力量，有时它比任何先进的医疗手段都有效！"是呀，只要心中有爱，无论在多么贫瘠的土壤上，都能长出最粗壮的树木。

（沉石）

美德馨语

世上很多事情可以等待，唯有孝顺不能等待；世上有很多事情可以错过，就是不能错过孝顺父母。惊天动地的伟大的事情并不是每一个都能做的，但尽量为父母付出一份孝心，哪怕只是成为他们身体和心灵的小小拐杖，也是我们力所能及的。

心灵成长感悟

★ 别人的嘲笑往往会让心中的决定瓦解，如果你是故事中的希克力，当你还不能确定父亲是否能在森林环境中恢复健康，甚至更不能确定自己种下的树苗会不会存活，你会坚守住自己的决定，执著地为父亲找到延长生命的希望吗？

★ 你觉得希克力为了陪伴父亲放弃上大学对吗？他这样做值不值？

★ 当你的爸爸妈妈生病时，你为他们倒过一杯水，说过一句暖心的安慰话，替他们干过一点力所能及的家务吗？

名人美德花园

黄香：孝顺是一个个体贴的行动

黄香九岁时，母亲去世了，幼小的黄香十分怀念慈爱的母亲，每每看到母亲留下的物品，他总是想到母亲在世时的历历往事，想到母亲的音容笑貌。但懂事的黄香总是克制自己的情绪，不会表现得特别难过，以免让相依为命的父亲也跟着伤心。

黄香家中有几亩地，父亲白天下田种地，黄香则在家中将家务收拾得井井有条。虽然失去了爱妻，但有了这个听话、孝顺的孩子，黄香的父亲心里感到莫大的安慰。

这年，冬天到了。呼啸的北风裹着雪花，扑打着大地。有钱的人家，屋子里生着红红的炉火，暖融融的一家人围炉而坐，充满家庭的温馨。相依为命的黄香父子俩，在这冷清的冬夜，却显得形影相吊。黄香看到劳累一天的父亲的倦容，心想：要是父亲劳累回来能够睡在温暖的被窝里该多好呀。于是每天一吃过晚饭，小黄香便钻进被窝，用体温暖热冰凉的被窝，待父亲忙完上床睡觉的时候，被窝里总是热乎乎的。在这样寒冷的冬夜，父亲从儿子身上得到了暖融融的亲情，减少了许许多多因丧妻带来的忧伤。

寒去暑来，夏天到了，炎炎的烈日炙烤了一天的大地，虽到晚间，也不见有半点凉风。每当这时，黄香的父亲总是将儿子拉到近前，给黄香一边扇凉打蚊，一边关切地询问黄香的学习。这时，小黄香也很想在父亲跟前多坐一会，充分享受这宽厚的父爱。然而，他又想到父亲一天的劳累、辛苦，想到一定要让父亲在这炎热的夏夜睡个好觉，便一声不响地回到房中，拿起一把蒲扇，对着床上热烘烘的席子和枕头扇起风来。右手扇累了，换左手，左手扇累了，再换右手，就这样不停地扇了许久，终于把整个床铺扇得清凉如水，然后，小黄香跑到院中，扶起已困倦的父亲回房休息。当父亲感到清凉舒适的枕、席后，便明白了这个孝顺的儿子所做的一切，他感慨地对黄香说："虽然你母亲离我们而去，但有你这样孝顺的孩子，我真是三生有幸啊！"

黄香冬温席、夏扇枕的孝亲事迹，很快传遍了江夏。人们听到九岁的孩子这样的懂事，这样的孝顺，无不赞扬黄香的美德。时间久了，人们便编出一首歌称赞黄香道："江夏黄香，天下无双！"

黄香长大后，朝廷委派他做了魏郡太守。做官之后，黄香除了继续孝敬老父之外，还将一片爱心撒向百姓。

（佚名）

名人小档案

黄香（18—106 年）是我国东汉时期的一位文化名人。他为官的品位并不高，最高职务是魏郡太守。他很小的时候，便广泛阅读儒家经典，精心钻研道德学术，能写文章，当时京师称誉为"天下无双，江夏黄童"。《二十四孝子》一书，作为做人的楷模，黄香名列其中。天下黄姓尊黄香为祖，成为一种历史文化现象。

母亲双膝一弯，跪在熊师傅面前，两行热泪顺着凹陷无神的眼眶涌出："大师傅，我跟你说实话吧，这米，是我讨……讨饭得来的。"

三袋米中的母爱

在湖北省西部一个偏僻的小山村里，有一个贫困的家庭，在这个家里唯有一对孤儿寡母相依为命。儿子学习刻苦，成绩优异。当一张张奖状覆盖满斑驳脱落的土墙时，他也随即考上了县里最好的中学。

但母亲却积劳成疾，患上了严重的风湿病，无法劳作了。当时的中学，学生每月都需要交给食堂30斤米。儿子知道，母亲拿不出，就悄悄告诉母亲："娘，我要退学，帮你干活。"母亲疼爱地说："你有这份心，娘打心眼里高兴，但书是一定要读的。放心吧，娘生你就有法子养你。你先到学校报名，我随后就送米过去。"

儿子很固执，坚决要留在家里，母亲无奈，挥起粗糙的巴掌，结实地落在儿子的脸上。这是儿子第一次挨打，儿子顺从了母亲。

没多久，母亲一瘸一拐地来到了学校食堂的门前，气喘吁吁地从肩上卸下一袋米。负责登记的熊师傅打开米袋，眉头紧锁地说："你们这些做家长的，总喜欢占点小便宜。这里有早稻、晚稻，还有细米，简直把我们食堂当杂米桶了。"这时母亲涨红了脸，连声说对不起。熊师傅见状，没再说什么就收了。

可第二个月初，又出现了前面的一幕，但熊师傅还是把米收下了。第三个月初，母亲望着熊师傅，脸上堆着比哭还难看的笑。熊师傅一看米，用几乎失去理智的语气呵斥说："今天是怎样背来的，还怎样背回去！"

母亲双膝一弯，跪在熊师傅面前，两行热泪顺着凹陷无神的眼眶涌出："大师傅，我跟你说实话吧，这米，是我讨……讨饭得来的。"熊师傅眼睛瞪得溜圆，半晌说不出话来。

母亲挽起裤腿，露出一双僵硬变形的腿，腿已肿成梭形。母亲抹了一把眼泪，说："我得了晚期风湿病，连走路都困难，更别说种田了。儿子懂事，要退学帮我，被我一巴掌打到了学校。"她向熊师傅解释，她一直瞒着乡亲，更怕儿子知道后伤了他的自尊心。每天早上，就怀揣着空米袋，拄着棍子悄悄到 10 多里外的村子去讨饭，然后挨到天黑掌灯后才偷偷摸摸进村。她将讨来的米放在一起，月初送到学校。

听到母亲这番话，熊师傅早已热泪盈眶。他扶起母亲说："好妈妈啊，我马上去告诉校长，要学校给你家捐款。"母亲慌忙摇着手说："别……别，如果让我儿子知道娘讨饭供他上学，这样会毁了他的自尊心，影响他读书可不好。大师傅的好意我领了，求你为我保密，切记切记！"

母亲走了，一瘸一拐。

校长最终还是知道了这件事，他因此深受感动，于是以特困生的名义减免了儿子三年的学费和生活费。三年后，儿子考进了清华大学。欢送毕业生的那天，校长特意将他请上主席台，令人奇怪的是，主席台中间还堆着三只鼓鼓囊囊的蛇皮袋。此时，熊师傅上台讲述母亲讨米供儿子上学的故事，台下鸦雀无声。校长指着三只蛇皮袋，情绪激昂地说："这就是故事中的母亲讨得的三袋米，这是世界上用金钱买不到的粮食。下面请这位伟大的母亲上台。"

儿子疑疑惑惑地往台下看，只见熊师傅扶着母亲正一步一步往台上挪。于是，人间最温暖的一幕亲情剧上演了。母子俩对视着，儿子猛扑上前，搂住她号啕大哭："娘啊，我的娘啊……"

顿时，台上台下都成了一片泪水的海洋……

(佚名)

美德馨语

如果说，世界上还有哪一种爱是无私的话，那就是父母对儿女的爱；如果说，世界上还有哪一种爱可以让我们泪流满面，那也只有父母对儿女的爱。这是一个感人的真实故事，坚强的母亲为了孩子可以弯下自己的身躯，放下珍贵的自尊，可以忍受生活的苦难，挑战命运的残酷，把孩子充满尖刺的人生编成一个美丽的玫瑰花环。真是可怜天下父母心！

心灵成长感悟

★ 当你得知身边有家境不好的同学时，你会看不起他们，甚至他们的父母吗？为什么？

★ 算一算，爸爸妈妈每个月在你身上要花多少钱，在他们自己身上又花多少钱？然后做一个小小的家庭人均消费表。

名人美德花园

郑庄公：拳拳孝心化坚冰

春秋时期有一位郑国国君郑武公娶了一个夫人，叫武姜，生了两个儿子，长子叫做寤生，次子叫做段。寤生出生时难产，母亲武姜差点儿为此丢了性命，所以她只喜欢小儿子段。

郑武公和大臣们商量，决定立长子寤生为太子。夫人武姜却坚决不同意，她想让小儿子段继承君位，一再要求武公立段为太子。武公是一个很有主见的国君，他没有采纳武姜的意见，而是按长幼之规立寤生为太子。

郑武公病逝后，太子寤生即位，就是郑庄公。武姜见小儿子段没有大权，就要求庄公把有名的军事重镇制邑封给段。庄公考虑到国家安危，拒绝了母亲的要求，并解释说父亲曾有遗命，制邑这个地方是不许分封给任何人的。武姜听后非常生气，但又不死心，又要求庄公把京城分封给段。

庄公为了安慰母亲，这一次便同意了她的要求。

众大臣知道此事后，纷纷劝阻庄公。大夫祭仲直言道："主公，京城地广民众，把京城分封出去，等于将国家一分为二。况且公子段如果依仗夫人的宠爱，扩大自己的势力，将来恐怕对国家有害无益！"但是庄公已对母亲应允，不能更改了。

段得到京城后，悄悄地开始招兵买马，训练兵士，积蓄一切力量，准备等机会成熟，与母亲里应外合，袭击郑庄公，夺取国君的位置。他逐渐将势力范围扩大到郑国的北部和西部边境。这些地区原本不属京城管辖，但地方官不敢得罪他，只好违心服从他的命令。

段的阴谋活动早被大夫祭仲看在眼里，他劝庄公应采取手段，早日清除祸患，以巩固自己的地位。庄公没有同意，只说道："多行不义必自毙。"

鲁隐公元年（公元前 772 年），段认为时机已到，率领战车、兵士向都城逼近，准备偷袭都城，废黜庄公。武姜则计划在城内作为内应，企

图一举取胜。然而郑庄公早有戒备，提前派人率 200 多辆战车袭取京城，拿下弟弟段的大本营。

段得知京城失守的消息，无心再进攻都城，又无力夺回京城，只好在城外驻扎下来。郑军进攻他，他没有办法，只好跑到了另外一个国家去。

叛乱被庄公平定后，他将共犯武姜送到颍地囚禁起来，并发誓说：我与你不到黄泉之下，再不见面！

一转眼几年过去了。一天，一个叫颍考叔的官员来拜见庄公。庄公留他一道吃饭，并赐给他美味的羊腿。颍考叔把羊腿的好肉割下来不吃，恭恭敬敬地放在一边。庄公问他为什么要这样做，颍考叔说："臣子家中有一年迈的母亲，我想把您赐给我的羊肉带回家去孝敬母亲……"

庄公听到颍考叔的这番话，马上联想到自己的母亲武姜，情不自禁地掉下泪来。颍考叔装作一无所知，忙问他为何如此伤心。庄公凄楚地叹了一口气，将自己矛盾的心情告诉给他："你可以随时见到母亲、孝敬母亲，只有我没有这样的机会！"

颍考叔笑道："我有一个好办法，能完美地解决这件事。您可以令人挖掘一条地沟，一直挖到流出泉水为止，在那里您可以同母亲相见。这样做既不违背誓言，又尽了孝道，岂不是两全其美吗？"

庄公遵照颍考叔的建议，来到命人挖好的地洞中，与母亲相见了，两人前嫌尽释，关系比从前还要好了。

郑庄公特别赏识颍考叔的机敏才智，于是封他为大夫，掌管国家的军政大事。

（佚名）

（注：寤生即逆生，指婴儿出生时脚先出来。婴儿出生时正常的应该是头先出来）

名人小档案

郑庄公（前 757—前 701 年），名寤生，中国春秋时代郑国君主，在位四十三年，是一个有战略眼光，精权谋、善外交的政治家。他一生功业辉煌，号称"春秋小霸"。

妈妈轻轻打开包装纸，里面包着一个蓝天鹅绒首饰盒，盒内放着一枚心形胸针，上面镶着两个灿烂炫目的镀金大字"妈妈"。

小男孩的心愿

十二岁的鲁本是加拿大某地的一名小学生。这天他从一家商店经过时，橱窗里的一件商品使他怦然心动。可对这个孩子来说，这件标价五加元的东西实在是太贵了——这笔钱相当于他们全家人一周的开支。

可鲁本仍推开这家商店的门走了进去，说："我想买橱窗内的那件商品，不过，我现在没有钱，请您先别卖，给我留着好吗？"

"行。"店主微笑着对他说。

鲁本很有礼貌地告别店主，走出了商店。

鲁本走着走着，突然从旁边一条小巷子里传来一阵敲打钉子的声音。鲁本循声朝施工场地走去，当地居民正在盖自己的住房，他们每用完一小麻袋钉子，就顺手把装钉子的麻袋给扔了。他早就听说有家工厂回收这种袋子，于是，他从这个工地捡了两条拿去卖了。在回家的路上，他的小手里一直紧紧拿着两枚五分硬币，生怕掉了。

鲁本把两枚硬币放在铁盒里，藏在他家粮仓内的干草垛底下。

吃晚饭时，鲁本走进厨房。父亲正在补缀渔网，母亲已经摆好饭菜。母亲虽然一天到晚忙忙碌碌洗衣做饭，耕地种菜，还得抽空儿给羊挤奶，但她总是乐呵呵的。

每天下午放学，鲁本总是先做家庭作业，并干完母亲交给他的家务活儿，然后一日不辍地到大街小巷去捡装钉子的麻袋。尽管不时受到饥寒困乏的折磨，可小鲁本依旧日复一日地走街串巷捡麻袋，因为购买橱窗内那件商品的强烈愿望始终激励着他，赋予他勇气和力量。

第二年五月的第二个星期天，他把藏在粮仓草垛底下的小铁盒取出来，用发抖的手小心地将里面的硬币倒出来，仔细数了一遍，仍不放心，又认真数了一遍。哇，只差二十分就凑够五加元啦！于是，他祈祷上帝保佑自己傍晚前能捡到对他来说至关重要的四条麻袋。随后，他把装钱的铁盒儿藏好，急匆匆地去寻找麻袋。夕阳逐渐沉时，他一溜烟儿赶到那家工厂。此时，负责回收麻袋的人正准备关闭厂门。

鲁本心急火燎地冲他喊道："先生，请您先别关门！"那人转过身来，对脏兮兮汗淋淋的小鲁本说："明天再来吧，孩子！"

"求求您啦，我今天说什么也得把这四个麻袋卖掉——我求求您啦！"耳闻孩子颤抖的哀求声，目睹孩子满含泪水的双眼，这个人不禁动了恻隐之心。

"你干吗这么急着要钱？"大人好奇地问。

"这是一个秘密，对不起，不能告诉您！"鲁本不肯泄露天机。

拿到四枚五分硬币后，鲁本含糊不清地向回收麻袋的人道了一声谢，便飞也似的跑回粮仓，取出铁盒儿，继而又拼尽全力飞跑到那家商店，二话没说，便把一百枚五分硬币倒在柜台上。

鲁本汗流浃背地跑回家，撞开房门，冲了进去。

"到这儿一下，妈妈，请您赶快过来这儿一下！"他扯着嗓子朝正在收拾厨房的母亲喊道。

母亲刚一走到他的眼前，他便迫不及待地将自己用一年多的心血换来的礼物放在妈妈的手里。

妈妈轻轻打开包装纸，里面包着一个蓝天鹅绒首饰盒，盒内放着一枚心形胸针，上面镶着两个灿烂炫目的镀金大字"妈妈"。看到儿子在五月第二个星期天——母亲节送给自己如此贵重的礼物，除了结婚戒指外没有任何贵重礼物的她热泪夺眶而出，一把将儿子紧紧搂在怀里……

（佚名）

美德馨语

我们的父母亲是伟大的，他们对子女永远只有付出，不求回报。正是如此，才体现了父母的伟大。身为子女的我们，不要认为对父母的爱已经很多很深了，跟他们比起来，我们那一点点爱远远不够。父母拥有的时间永远不会比我们拥有得多，学学故事中的小鲁本，抓紧时间去爱我们的父母吧，哪怕一句关心的话、一次体贴的谅解、一个小小的礼物，也足以使他们的心温暖很久。

心灵成长感悟

★ 你和家人之间互送过礼物吗？那是什么时候？

★ 母亲节和父亲节的时候，你给爸爸妈妈送了什么礼物？为什么要送这个礼物呢？

★ 除了买礼物，你觉得还可以用什么样的方式来表达自己对爸爸妈妈的爱？

名人美德花园

仲由：爱父母是一生一世的情节

相传我国伟大的思想家、教育家孔子一生弟子三千，其中贤弟子七十二。这七十二人中又有一个叫仲由的人，在所有弟子当中，他尤其以勇猛耿直闻名，他的孝行也常为孔子所称赞。

仲由小的时候家里很穷，一家人时常在外面采集野菜充饥。一次，仲由听见年迈苍苍的父母无意中念叨：什么时候能吃上一顿米饭就好了！可是家里一点米也没有了。仲由听在耳里，急在心里：这可怎么办啊？他突然想起山那边舅舅家里还比较富足，要是翻过那几道山梁到他家借点米，他们心疼他，就一定肯借，那父母的这点要求不就可以满足了吗？

打定主意后，仲由就出发了。他不顾山高路远，翻山越岭走了几十里路，从舅舅家借到一小袋米，又马不停蹄地往家赶。夜里看着满天的繁星，一个人走在漆黑的山路还真有点害怕，可想到父母还在家里等着自己，仲由又鼓起勇气，大步流星地朝前赶去。回到家里，生火、洗锅、打水，蒸熟了米饭，自己一口也舍不得吃，连忙捧给了父母。看到父母吃上了香喷喷的米饭，仲由忘记了一路的疲劳，开心地笑了。

父母去世以后，仲由南游到楚国。楚王非常敬佩和仰慕他的学问和人品，给仲由加官晋爵，此后仲由家中车马百辆，余粮万钟（古代容量单位），不愁吃不愁喝。但是仲由总是不能忘怀昔日父母的劳苦，感叹说："如果父母还在世就好了，就算要同以前一样吃野菜，再要我到百里之外的地方背米回来赡养父母双亲也好啊！"

当老师孔子得知仲由如此思念父母，并一再为父母生前无法尽心尽力奉养他们而自责，便劝慰仲由说："你在父母生前已经尽孝了。父母过世的时候，虽然后事无法用优厚的丧礼操办，可你的孝心父母已经感受到了，你也已经尽了为人子女应有的礼节。你不必内疚，而且完全可以称作是天下做子女的楷模！"

（佚名）

第三辑

诚信是人性深处散发的清香

那是一座极小极普通的墓，它和绝大多数美国人的陵墓一样，只有块小小的墓碑。在墓碑和旁边的一块木牌上，记载着一个感人至深的关于诚信的故事。

奇特的契约

在纽约的河边公园里矗立着"南北战争阵亡战士纪念碑"。每年都有许多游人来到碑前祭奠亡灵。美国第十八届总统、南北战争时期担任北方军统帅的格兰特将军的陵墓，就坐落在公园的北部。

格兰特将军的陵墓后边，在靠近悬崖边的地方，还有一座小孩子的陵墓。那是一座极小极普通的墓，它和绝大多数美国人的陵墓一样，只有块小小的墓碑。在墓碑和旁边的一块木牌上，记载着一个感人至深的关于诚信的故事：

在1797年，这片土地的小主人才五岁的时候，不慎从这里的悬崖上坠落身亡。其父伤心欲绝，将他埋葬于此，并修建了这样一个小小的陵墓，以作纪念。

数年后，家道衰落，老主人不得不将这片土地转让。出于对儿子的爱心，他对今后的土地主人提出了一个奇特的要求，他要求新主人把孩子的陵墓作为土地的一部分，永远不要毁坏它。新主人答应了，并把这个条件写进了契约。这样，孩子的陵墓就被保留了下来。

沧海桑田，斗转星移，一百年过去了。这片土地不知道辗转卖了多少次，也不知道换过了多少个主人，孩子的名字早已被世人忘却，但孩子的陵墓仍然还在那里。它依据一个又一个的买卖契约，被完整无损地保存下来。

到了1897年，这片风水宝地被选中作为格兰特将军的陵园，政府成了这块土地的主人。无名孩子的陵墓在政府手中依然被完整地保留下来，成了格兰特将军陵墓的邻居。一个伟大的历史缔造者之墓和一个无名孩童之墓毗邻而居，这可能是世界上独一无二的奇观。

又一个一百年以后，1997年，为了缅怀格兰特将军，当时的纽约市长朱利安尼来到这里。那时，刚好是格兰特将军陵墓建穴一百周年，也是小孩去世两百周年的时间，朱利安尼市长亲自撰写了这个动人的故事，并把它刻在木牌上，立在无名小孩陵墓的旁边，让这个关于诚信的故事世世代代流传下去……

（佚名）

美德馨语

几百年前的一个契约，也许许多人认为并没有遵守的必要，尤其是当我们手中握有权势的时候。但那些可爱又可敬的人们，无论时事怎样转变，沧海桑田怎样变幻，始终坚守那份契约，就是这一份不随时间的推移而褪色的承诺，让我们至今缅怀与感动。

心灵成长感悟

★ 如果你是朱利安尼市长，请用一句话总结一下你所知道的这个关于契约的故事。

★ 两个人之间的契约本来很普通，是什么让这样普通的契约变得伟大？

名人美德花园

商鞅：诚信是成功的通行证

公元前350年，秦国大臣商鞅积极准备第二次变法。

商鞅将准备推行的新法与秦孝公商定后，并没有急于公布。他知道，如果得不到人民的信任，新法是难以施行的。为了取信于民，商鞅想出了一个好办法。

这一天，正是咸阳城赶大集的日子，城区内外人声嘈杂，车水马龙。

时近中午，一队侍卫军士在鸣金开路声引导下，护卫着一辆马车向城南走来。马车上除了一根三丈多长的木杆外，什么也没装。有些好奇的人便凑过来想看个究竟，结果引来了更多的人，人们都弄不清是怎么回事，反而更想把它弄清楚。人越聚越多，跟在马车后面一直来到南城门外。

军士们将木杆抬到车下，竖立起来。一名带队的官吏高声对众人说：

"大良造（商鞅的官名）有令，谁能将此木搬到北门，赏黄金 10 两。"

众人议论纷纷。城外来的人问城里人，青年人问老年人，小孩问父母……谁也说不清是怎么回事，因为谁都没听说过这样的事。有个青年人挽了挽袖子想去试一试，被身旁一位长者一把拉住了，说："别去，天底下哪有这么便宜的事，搬一根木杆给 10 两黄金，咱可不去出这个风头。"有人跟着说："是啊，我看这事儿弄不好是要掉脑袋的。"

人们就这样看着、议论着，没有人肯上前去试一试。官吏又宣读了一遍商鞅的命令，仍然没有人站出来。

城门楼上，商鞅不动声色地注视着下面发生的这一切。过了一会儿，他转身对旁边的侍从吩咐了几句。侍从快步奔下楼去，跑到守在木杆旁的官吏面前，传达商鞅的命令。

官吏听完后，提高了声音向众人喊道："大良造有令，谁能将此木搬至北门，赏黄金 50 两！"

众人哗然，更加认为这不会是真的。这时，一个中年汉子走出人群对官吏一拱手，说："既然大良造发令，我就来搬，50 两黄金不敢奢望，赏几个小钱便是。"

中年汉子扛起木杆直向北门走去，围观的人群又跟着他来到北门。中年汉子放下木杆后被官吏带到商鞅面前。

商鞅笑着对中年汉子说："你是条好汉！"商鞅拿出 50 两黄金，在手上掂了掂，说："拿去！"

消息迅速从咸阳传向四面八方，国人纷纷传颂商鞅言出必行的美名。商鞅见时机成熟，立即推出新法。第二次变法就这样取得了成功。

（佚名）

名人小档案

商鞅（约前 390—前 338 年），姬姓，卫氏，全名为卫鞅，又称公孙鞅。后封于商地，后人称之商鞅。他是战国时期的政治家，思想家，"诸子百家"中法家的代表人物。商鞅说服秦孝公变法图强，在秦执政二十余年，"商鞅变法"就是秦国强大的开始，使秦长期凌驾于山东六国之上。孝公死后，商鞅由于受到贵族诬害以及秦惠文王的猜忌，被车裂而死。

　　在回去的路上，时间老人指着因翻船而落水的"快乐"、"地位"、"竞争"，意味深长地说："没有诚信，快乐不长久，地位是虚假的，竞争也终会失败。"

"诚信"漂流记

　　一个年轻人跋涉在漫长的人生路上，到了一个渡口的时候，他已经拥有了"健康"、"美貌"、"诚信"、"机敏"、"才学"、"金钱"、"荣誉"七个背囊。渡船出发时风平浪静，说不清过了多久，风起浪涌，小船上下颠簸，险象环生。

　　艄公说："船小负载重，客官须丢弃一个背囊方可安渡难关。"

　　看年轻人哪一个都不舍得丢，艄公又说："有弃有取，有失有得。"

　　年轻人思索了一会儿，把"诚信"抛进了水里。

　　"诚信"被那个年轻人投弃到水里后，拼命地游着，最后来到了一个小岛上。"诚信"就躺在沙滩上休息，等待哪位路过的人允许他搭船，救他一命。

　　突然，"诚信"听到远处传来一阵阵欢乐的音乐。他马上站起来，向着音乐传来的方向望去：他看见一只小船正向这边驶来，船上有面小旗，上面写着"快乐"二字。

　　"诚信"忙喊道："快乐，快乐，我是'诚信'，你拉我回岸可以吗？"

　　"快乐"一听，笑着对"诚信"说："不行，不行，我一有了诚信就不快乐了。你看有多少人因为说实话而不快乐，对不起，我无能为力。"说罢，"快乐"走了。

　　过了一会儿，"地位"又来了，"诚信"忙喊道："地位，地位，我是'诚信'，我想搭你的船回家，可以吗？"

　　"地位"忙把船划远了，回头对"诚信"说："不行不行，你可不能搭我的船，我的地位来之不易啊，如果你搭乘我的船，我岂不倒霉，恐怕连地位也难保住啊！"

　　"诚信"很失望地看着"地位"的背影，眼里充满了不解和疑惑，他又接着等待。

　　随着一阵有节奏但并不和谐的声音传来，"竞争"乘着小船来了。"诚信"喊道："竞争，竞争，我能不能搭你们的小船一程。"

　　"竞争"们问道："你是谁，你能给我们多少好处？"

　　"诚信"不想说，怕说了又没人理，但"诚信"毕竟是"诚信"，他说："我是'诚信'……"

　　"你是'诚信'啊，你这不成心给我们添麻烦吗？如今竞争这么激烈，我们'不正当竞争'怎么敢要你？"言罢，扬长而去。

　　正当"诚信"近乎绝望的时候，一个慈祥的声音从远处传来："孩子，上船吧！"

　　一个白发苍苍的老者在船上掌舵道："我是时间老人。"

　　"那你为什么要救我呢？"

　　老人微笑着说道："只有时间才知道诚信有多么重要！"

　　在回去的路上，时间老人指着因翻船而落水的"快乐"、"地位"、"竞争"，意味深长地说："没有诚信，快乐不长久，地位是虚假的，竞争也终会失败。"

（佚名）

美德馨语

　　诚信犹如花草树木的根，如果没有这些根，花草树木就无法生存。有些人凭借欺诈等手段，也许可以获得一时的利益，但是他们无法获得长久的成功，也不能得到心灵的宁静。只有身披一袭灿烂，心系一份执著，带着诚信上路，我们才能踏出一路风光！

★ 故事的开头年轻人选择丢弃"诚信"，猜猜后来又发生了什么事情，试着把这个故事写下去。

★ 假如后来"诚信"遇到了"高分"，"高分"拒绝"诚信"上船，因为它说有了诚信很多考题都不会，就要不及格了。你会用什么说服"高分"呢？

名人美德花园

宋庆龄：用诚信收获一份坦然

一个风和日丽的早晨，宋庆龄一家吃过早饭，正准备到一位朋友家去做客。宋庆龄和哥哥、姐姐都穿上了漂亮的新衣服，向大门外走去。

突然，宋庆龄站住了脚，皱起了眉头。

"怎么了，孩子？"爸爸诧异地问。

"今天我不能去了，因为我和小珍昨天就约好了，今天上午她要来学叠花篮呢。"宋庆龄噘着小嘴说。

爸爸说："改天再教小珍叠花篮不行吗？"

"不行不行，我跟她约好了的。"宋庆龄摇了摇头说。

"不要紧，明天见到小珍，向她解释一下不就行了。"爸爸接着说。

"爸爸，你们去吧！我不能不讲信用，我一定要等她。"宋庆龄想了想，语气十分坚决。

爸爸妈妈见宋庆龄坚决不肯和他们一道去，只好带着哥哥姐姐们走了。

宋庆龄目送爸爸妈妈他们走远了，一个人回到房间里，准备了许多小方块纸，等着小珍来叠花篮。可等呀等呀，一直等到 12 点，小珍还没有来。宋庆龄还是耐心地等着。

在朋友家吃罢午饭，爸爸妈妈惦记着独自在家的宋庆龄，匆匆赶回家来。

"小珍来了吗？"爸爸一进门，便问宋庆龄。

"她没有来。"宋庆龄轻声回答道。

爸爸惋惜地说：“早知道这样，跟我们一起去多好啊，一个人在家，多没意思啊。”

“可是，我还是觉得很快乐。”宋庆龄说。

“为什么？”爸爸妈妈不解地看着她。

宋庆龄认真地说：“因为，我信守了自己的诺言。”

（佚名）

名人小档案

宋庆龄（1893—1981 年），伟大的爱国主义、民主主义、国际主义和共产主义战士，举世闻名的伟大女性。她青年时代追随伟大革命先行者孙中山先生，致力于民主革命事业，把毕生精力献给中国人民民主和社会主义事业，献给世界和平和人类进步事业，是中华人民共和国的缔造者之一。

不只是我们修锁的人，每个人心上都要有一把不能打开的锁啊。

守住心头的那把锁

从前，在一个小城里有一位老锁匠，他修了一辈子锁，技术精湛，人们都十分敬重老锁匠。这主要是因为老锁匠为人正直，每修一把锁他都告诉别人他的姓名和地址，说："如果你家发生了盗窃，只要是用钥匙打开的家门，你就来找我！"

老锁匠岁数大了，为了不让技艺失传，他收了两个徒弟。两个徒弟都很聪明好学。一段时间以后，两个年轻人都学会了不少东西。但两个人中只有具有良好的品德的那一个才能得到真传，老锁匠决定对他们进行一次考验。

老锁匠准备了两个保险柜，分别放在两个房间，让两个徒弟去打开，以决定谁能继承自己的技艺。结果大徒弟很快就打开了保险柜，大概只用了十分钟，而二徒弟却用了半个小时才打开，表面看来结果已经没有悬念了。

老锁匠问大徒弟："保险柜里有什么？"

大徒弟眼中放出了光亮："师傅，里面有很多钱，全是百元大钞。"

他又问二徒弟同样的问题，二徒弟支吾了半天说："师傅，您只是让我打开锁，并没有让我看里面有什么，我就没看，所以，我……我不知道里面有什么。"话说到最后，他的声音已经越来越轻了。

老锁匠笑着点了点头，郑重宣布二徒弟为他的正式接班人。

大徒弟不服，众人不解，为什么二徒弟用的时间长却被选中呢？

老锁匠微微一笑，说："不管干什么行业都要讲一个'信'字，尤其是我们这一行，要有更高的职业道德。我收徒弟是要把他培养成一个高超的锁匠，他必须做到只看得到锁而看不到钱财。否则，稍有贪心，登门入室或打开保险柜易如反掌，最终只能害人害己。不只是我们修锁的人，每个人心上都要有一把不能打开的锁啊。"

人们听了，不无佩服地点了点头。

（佚名）

美德馨语

无论走到哪里，诚信的人的身上总有一层"光环"，使人倍加尊敬；而缺乏诚信的人则像一块有瑕疵的碧玉，再美也会因自身的弱点而光泽暗淡。诚信就如同我们心头的一把锁，做人就要死死地守住这把锁，守住了这把锁，才能守住一生温暖的阳光；这把锁一旦破坏，我们面临的将是阴冷和黑暗。

心灵成长感悟

★ 把这个故事讲给你的朋友听，但是只讲到"郑重宣布"那里，让朋友选一选谁是继承人，并听听他们的理由是什么。

★ 你是否觉得大徒弟有点委屈呢？因为他看到了并不代表就一定会动邪念。要考察一个人的品行，是不是应该多给一些机会，慢慢观察更好呢？

名人美德花园

费利克斯·门德尔松：诚实来自一颗正直无私的心

1829 年，20 岁的门德尔松开始了他第一次的旅行演出。他的事迹遍及了欧洲各个文化名城，当他到英国演出时，由于他的艺术才华，伦敦人对他的演奏崇拜得五体投地，他的演出轰动了整个伦敦。消息很快传到了维多利亚女皇那里，女皇也想见见这位年轻的天才音乐家。

于是，维多利亚女皇热诚地邀请门德尔松，并特意在白金汉宫为他举行了盛大的招待会。为答谢女皇的盛情，门德尔松为女皇演奏了几支曲子。

晴朗的夜晚，一弯明月悬挂在白金汉宫的上空，人们静静地欣赏着门德尔松的演奏，并为之倾倒。女皇也听得入迷了。

当门德尔松刚刚演奏完《伊塔尔兹》一曲，维多利亚女皇不禁连声称赞这支曲子，并说："单凭你能写出这样动人的曲子，就足以证明你是一个十分了不起的音乐天才！"参加招待会上的其他人更是赞不绝口。

听到这赞扬声，门德尔松不但没有高兴，脸反而一下子红到耳根，急忙说道："不，不，不，这支钢琴曲不是我作的。"所有在场的人都不相信，认为他这样说太谦虚了。女皇说："你太自谦了，只有你这样的天才，才能谱出如此优美动听的曲子。"但是，门德尔松却认真地向女王和在场的人们解释道："这支曲子真的不是我写的，而是我妹妹芬妮亚的作品。"

原来，门德尔松出生在德国一个有名的知识分子家庭，那时像海涅、歌德这样的名人，都是他家的常客。在这些人的影响下，他和妹妹从小就对艺术有着浓厚的兴趣。妹妹芬妮亚天资聪慧，因而也成了一个相当出色的作曲家。只是由于门德尔松的家庭不赞成用女人的名字发表作品，所以妹妹才用了门德尔松的名字。

虽然别人并不知道这件事，可是诚实的门德尔松却不欺世盗名，在公众面前公布了这支曲子的真正作者。

（佚名）

名人小档案

雅科布·路德维希·费利克斯·门德尔松·巴托尔迪（1809—1847年），通称费利克斯·门德尔松，德国犹太裔作曲家，作品以精美、优雅、华丽著称，是德国浪漫乐派最具代表性的人物之一，被誉为浪漫主义杰出的"抒情风景画大师"。门德尔松最著名的作品是为莎士比亚戏剧《仲夏夜之梦》创作的序曲。

时间一天一天过去，到了第五天，男生竟没来上学。整个白天，我都在心里责怪他，骂他不守信用，恍恍惚惚的总想哭上一通。

一诺千金的震撼

我做女孩时曾遇上一个男生开口问我借钱，而且张口就是借两元钱。在当时，这相当于我两个月的零花钱。我有些犹豫，因为人人都知道那男生家很贫穷，他母亲好像是个"职业孕妇"，每年都为他生一个弟弟或妹妹。她留给大家的印象不外乎两种：一是腹部隆起行走蹒跚；另一种是刚生产完毕，额上扎着布条抱着新生婴儿坐在家门口晒太阳。

我的为难令那男生难堪，他低下头，说那钱有急用，又说保证五天内归还。我不知道怎么来拒绝他，只得把钱借给了他。

时间一天一天过去，到了第五天，男生竟没来上学。整个白天，我都在心里责怪他，骂他不守信用，恍恍惚惚的总想哭上一通。

夜里快要睡觉时忽然听到窗外有人叫我，打开窗，只见窗外站着那个男生，他的脸上淌着汗，手紧紧攥着拳头，哑着喉咙说："看我变戏法！"他把拳头搁在窗台上，然后突然松开，手心里像开了花似的展开了两元钱的纸币。

我惊喜地叫起来，他也快活地笑了，仿佛我们共同办成了一件事，让一块悬着的石头落了地。他反复说："我是从旱桥奔过来的。"

后来，从那男生的获奖作文中知道，他当时借钱是急着给患低血糖的母亲买葡萄糖，为了如期归还借款，他天天夜里到北站附近的旱桥下帮菜家推菜。到了第五天拂晓他终于攒足了两元钱，乏极了，就倒在桥洞中熟睡，没料到竟酣睡了一个白天和黄昏。醒来后他就开始狂奔，所有的路人都猜不透这个少年为何十万火急地穿行在夜色中。

那是我和那男生的唯一的一次交往，但它给我留下的震撼却是绵长深切的。以后再看到"优秀"、"守信用"这类的字眼，总会联系上他，因为他身上奔腾着一种感人的一诺千金的严谨。

据说那个男生后来果然成就了一番事业。也许他早已遗忘了我们相处的这一段，可我总觉得那是他走向成功的源头。

（节选自秦文君《一诺千金》，有改动）

美德馨语

诺言并不是轻轻泼出去的水，时间一长就蒸发殆尽，不留痕迹；诺言是在石块上刻写的一张欠条，在没有实现之前，哪怕是日晒雨淋，它也不会字迹模糊。

一诺千金是一种作风，一种实在，一种牢靠。一诺千金的人总是会给人一种踏实感，让人油然而生一份信任之情，情不自禁地要敬仰他。

心灵成长感悟

★ 如果你是故事中的女孩，当男孩快到还钱的期限却还没出现时，你会怎么办呢？当你看到男孩出现后，你会对他说点什么呢？

★ 你有没有食言过，你当时的感受怎么样？没有想办法弥补过？

名人美德花园

爱德华·格里格：承诺是一份长记心头的责任

一次，年轻的格里格来到乡间的森林里散步，正巧遇到了一个挎着小篮子采集鲜花和野果的 8 岁小姑娘达格妮。他们很快认识了，并且成了好朋友。当与小姑娘分手时，格里格抱歉地向小姑娘说，他现在没有礼物可以送给她，但是他却答应要送给她一件礼物，并且说这将是一件很好的礼物，只是他又说这件礼物要等到 10 年以后才能送给她。这使小姑娘达格妮感到迷惘而又感激。

10 年之后，达格妮已经是 18 岁的亭亭玉立的少女了。这位美丽的守林人的女儿，第一次离开了自己的家乡，来到了祖国的首都奥斯陆，并且第一次走进了一个正在举办露天音乐会的公园里。突然，她听到了好像又带她走进了故乡的如梦如幻的大森林的美妙旋律，她不禁忽地一下从草地上站立起来。接着，她听到了报幕员向观众报告："下一个节目，是我们的音乐大师爱德华·格里格的最得意作品《献给守林人哈格勒普·彼得逊的女儿达格妮·彼得逊，当她年满 18 岁的时候》。"

顿时，她感到全身沸腾了，她忆起了那个在 10 年前散步于她的故乡森林里的青年的承诺，那个青年所承诺的那件最好的礼物，竟是这首肯定会传遍整个挪威的，当然迟早也会传到她的耳际的乐曲。

这是一种多么出人意料的应诺方式啊！

（佚名）

名人小档案

爱德华·格里格（1843—1907年）：挪威作曲家，19世纪下半叶挪威民族乐派代表人物。1874年被政府授予终身年俸，1890年被选为法兰西艺术院院士，曾先后获英国剑桥大学和牛津大学授予的音乐名誉博士衔。逝世时，挪威政府为他举行了国葬。

在医院后院的石凳上，人们经常看到一个男孩拉着一位失明的大人，向他低低地述说着眼前并不存在的精彩世界，这一切是多么的美丽。

谎言也有美丽时

有个男孩刚做了复明手术，心情很不平静，就一个人摸索着来到了医院后院，坐在一棵大树下。他心情激动地期盼着将要看到的五彩世界，但又担心手术不成功。

这时，一片树叶飘到了他的头上，他拿到手里，自言自语地说："这是枫叶，还是……"

"是枫叶。"一个低沉的声音传过来，接着一双大手摸到了他的脸上。"小朋友，几岁啦？"

"10 岁。"

"你眼睛不好？"

"啊，从小就有毛病。叔叔，你说这世界美吗？"

"美啊！你看，这天空是蓝色的，远处的山雄伟挺立。在咱们对面有一泓清水，水面上浮着粉红的荷花、碧绿的荷叶。这四周绿树成荫。嘿！那边不知是谁在放风筝。你听，这树上的小鸟在叫，你听见了吧？"

"我听见了。"男孩的脑海中出现了一幅幅美丽动人的画面。

蓦地，他抓住那个人的手问道："叔叔，我的眼睛能治好吗？"

"能，一定能，孩子，只要你认真配合医生治疗，就会好的。"

"真的?"

"真的!"

后来,大家经常在后院看到他们两个坐在一起聊天。

过了一段时间,男孩终于拆了线,他看到了光明。他想起了后院的伙伴,便跑向了后院。

他朝后院里一看,愣住了。

原来,这里什么也没有,有的只是一堵墙壁和一棵老树。在冷风中坐着一个中年人,他戴着一副墨镜,身边放着一根导盲棒。中年人捧着一片枫树叶,在低低地说着什么。

以后,在医院后院的石凳上,人们经常看到一个男孩拉着一位失明的大人,向他低低地述说着眼前并不存在的精彩世界……

(佚名)

美德馨语

谎言也可以是美丽而温馨的,如果一个善意的谎言能给脆弱的生命带来一份鼓励、一丝甘甜,这又何尝不是一种美丽呢!诚信并不是指老老实实地说真话、说实话,也不是刻板、一成不变的,有很多时候,我们也需要学会灵活变通,来适应周围时刻变化的环境。但我们又必须明白,做人不能两面派,不能背离诚信的基本原则,否则我们将无法自立于世。

心灵成长感悟

★ 请闭上眼睛,用语言描述一下你想象中的最美的地方给你的父母听吧。

★ 故事中的叔叔撒谎了,你说他为什么要这样做?

名人美德花园

伽利略:坚守心中诚实的声音

比萨的大公有个私生子叫麦里奇,大公爱若掌上明珠,并封他为公爵。麦里奇不学无术，却又自视才高。有了地位，还想要学术上的名誉。他花费很多钱，制造了一部笨重机器，声称要用它去疏通勒格浑深港。为了扩大这个发明创造的影响，他特意把著名的科学家伽利略请去参观。

麦里奇很热情地接待伽利略，殷勤侍候，又邀请来一些名人陪同，并当着大家的面说了不少吹捧伽利略的话。他的目的很明确，就是希望伽利略对他的发明创造多多叫好，利用伽利略的声威抬高他自己的身价。

伽利略仔细地审视了这个庞然大物，反复测量了机器的尺寸，又根据浮力原理和有关重力的知识，当场细致地运算。最后，他告诉麦里奇，这部机器必然会在海水中下沉，不可能用它疏通深港。

伽利略如此坦诚说出自己的看法，这是麦里奇万万没有料到的。他以为自己是公爵，伽利略多少会给点儿面子，可伽利略连半个模糊的字都不说。

为了挽回自己的面子，麦里奇当场命令他的手下人，把机器拉到海边港湾中去试验。结果机器还没来得及开动，就沉到了海底。

聚集在海岸上围观的人们都哈哈大笑起来。麦里奇恼羞成怒，便把怒气全部发到了伽利略的身上。他认为如果伽利略能为他说几句圆场的话，这一切都不会发生。

麦里奇跑到比萨大公那里诬告伽利略，说伽利略"狂妄自大，目中无人"，并污蔑伽利略，说他曾经说过比萨大公的坏话。比萨大公轻信了麦里奇，对伽利略产生了恶感。

比萨大学的一些教授，过去在学术研究上不诚实，受到过伽利略的指责，这些人一直为此耿耿于怀，听说比萨大公反感伽利略后，个个兴奋异常，觉得报复的机会终于到了。他们趁着这个"大好"时机，不择手段地利用一切机会攻击伽利略，又教唆一些头脑简单的学生，在伽利略上课时起哄捣乱。

伽利略无比愤慨，但他绝不会向不诚实的学风妥协，哪怕可能会因此失去工作。后来他索性辞去了大学的教授职务，离开比萨大学，回佛罗伦萨去了。这时，他的父亲已得了重病。年迈的老人知道伽利略丢了工作，心里很难过，病情由此日益加重，不久就去世了。

当时，伽利略的弟妹们都没有工作，家里又无积蓄，作为一家之主的伽利略陷入了极度的悲痛和贫穷之中，相当长的一段日子里，他不得不靠借贷和帮人干点儿杂活来勉强维持生活。

麦里奇听说了伽利略的艰难处境，写来信说只要伽利略愿意写一篇为他叫好的文章，他可以帮助伽利略恢复在比萨大学的教授职位。

伽利略扔掉了信，说："不诚实和失业一样，都是可怕的事。我已经有了一件可怕的事了，绝对不会再要另一件可怕的事发生。"

（佚名）

名人小档案

伽利略·伽利雷（1564—1642年），近代实验科学的先驱者，意大利文艺复兴后期伟大的天文学家、力学家、哲学家、物理学家、数学家，也是近代实验物理学的开拓者，被誉为"近代科学之父"。为了证实和传播哥白尼的日心说，伽利略献出了毕生精力。他晚年受到教会迫害，并被终身监禁。

第四辑

成长意味着担当一份责任

朋友啊，你应该知道，身体总有一天会毁灭的，可一个人的责任是永存的。我自己的生命是微不足道的，我想先救出我的伙伴。

称职的鸽王

羊心里的太阳 最温暖的 50 个心灵成长故事

佳思里亚河岸有一棵高高的合欢树，每当太阳落山时，就有几百只鸟儿飞来，栖息在树上。

有一天早晨，一个捕鸟人从那里经过，他把大米撒在地上，张开网，然后到树丛里躲藏起来。

这时，一只叫艾特尔的鸽王领着二十几只鸽子飞来了。鸽王看见地上有许多雪白的大米粒，心想在这人迹罕至的树林里怎么会有这么多的大米呢？这里面一定有蹊跷。它对同伴们说："大家不要去吃这些大米，贪心是会上当的。"

但有一只鸽子不听鸽王的话，它说："永远不应该有疑心，疑心重的人常常吃亏。"听了它的话以后，其他的鸽子都和它一起飞到网下去啄食大米。

有人曾经说过："聪明人有时也会因为贪心而吃亏的。"的确，鸽子们由于听信了那只贪心鸽子的话，结果都落入网中。等到大家发现自己已经无路可逃时，只好你看着我，我看着你，唉声叹气，等待被捕捉。

鸽王知道大家都害怕了，便鼓励大伙儿说："只要我们团结一致，就能对付任何强大的力量。大家不要发愁，咱们一齐往上飞，就能把这张网抬起来。"

大家听了鸽王的话，便一齐使劲，果然把网抬了起来。捕鸟人见此情景，只好站在地上眼睁睁地看着鸽子们将网一起带走。

鸽子们把网抬到了很远很远的地方以后，一只鸽子说："我们怎么能从这张网里逃出去呢？"

鸽王说："别慌，我有一个老鼠朋友，名叫勃格，我们先去找它，它能用尖利的牙咬断这网，那时我们就自由了。"

鸽子们听从了鸽王的意见，抬着网飞到老鼠勃格住的地方。

老鼠勃格看到一群鸽子抬着一张网飞来，感到十分奇怪，吓得赶快钻进地洞里躲起来。鸽王在外面喊道："喂，朋友勃格，你是不是生我们的气了？怎么不出门来迎接我们？"

老鼠听到鸽王的喊声，连忙从洞里跑出来说："我今天真是高兴极了，能见到朋友，同朋友在一起玩耍、聊天，是我的最大幸福。"

老鼠一见鸽王和其他鸽子都陷在网里，心里很是难过，说："艾特尔朋友，你这是怎么搞的？"

鸽王说："这是我的贪心和愚蠢造成的结果。"听了鸽王的叙述，老鼠就咬断网绳，解救了鸽王。

鸽王说："朋友，我的伙伴没有脱网以前，你不应该先救我，因为作为一个保护人，如果我没能让大家先脱险，那我就是一个极大的罪人。"

老鼠勃格说："常言道：'先顾自己是上策，留得青山在，不怕没柴烧。'你应该先救自己，然后再考虑其他鸽子。"

鸽王说："朋友啊，你应该知道，身体总有一天会毁灭的，可一个人的责任是永存的。我自己的生命是微不足道的，我想先救出我的伙伴。"

勃格听了鸽王的话，非常感动，便咬碎了网，使鸽子们都得到了自由。

鸽王谢过他的朋友，带领着伙伴们，飞上了蓝天，回家去了。

（佚名）

美德馨语

责任是滋养万物之泉，只要一开始流出来，就源源不断。在奉献的协约上，它是良知的印章，盖有"责无旁贷"四个字。在危难之中，不忘自己肩负的责任，不忍舍弃别人的生命，这样的人才真正值得人信赖。任何时候都不为自己找借口，勇于承担责任，这便是鸽王艾特尔的风范。作为万物之灵的人类，更应将责任之担挑在肩头！

心灵成长感悟

★ 你觉得那只怀疑鸽王的鸽子的话有道理吗？

★ 鸽王处处维护大家，却得不到什么好处，那它为什么还要做鸽王呢？

★ 你是一个敢于承担责任的人吗？你是否曾把自己的责任推到别人身上？

布莱德雷：乐趣抹不去责任的分量

在一个风和日丽的下午，一群男孩在公园里做游戏。在这个游戏中，有人扮演将军，有人扮演上校，也有人扮演普通的士兵。有个"倒霉"的小男孩抽到了士兵的角色。他要接受所有长官的命令，而且要按照命令去完成任务。

"现在，我命令你去那个堡垒旁边站岗，没有我的命令不准离开。"扮演上校的格林特指着公园里的垃圾房，神气地对小男孩下命令。

"是的，上校。"小男孩快速、清脆地答道。

接着，"长官"们离开现场，男孩来到垃圾房旁边，立正，站岗。

时间一分一秒地过去了，小男孩的双腿开始发酸，双手开始无力，天色也渐渐暗下来，却还不见"长官"来解除任务。

一个路人经过，看到正在站岗的小男孩，惊奇地问道："你一直站在这里干什么呢？下午进公园的时候我就看见你了。"

"我在站岗，没有长官的命令，我不能离开。"小男孩答道。

"你，站岗？"路人哈哈大笑起来："这只是游戏而已，何必当真呢？"

"不，我是一名士兵，要遵守长官的命令。"小男孩答道。

"可是，你的小伙伴们可能已经回家了，不会有人来下命令了，你还是回家吧。"路人劝道。

"不行，这是我的任务，我不能离开。"小男孩坚定地回答。

"好吧。"路人实在拿这位倔强的小男孩没有办法，他摇了摇头，准备离开，"希望明天早上到公园散步的时候，还能见到你，到时我一定跟你说声'早上好'。"他开玩笑地说道。听完这句话，小男孩开始觉得事情有些不对劲：也许小伙伴们真的回家了。于是，他向路人求助道："其实，我很想知道我的长官现在在哪里。你能不能帮我找到他们，让他们来给我解除任务。"

路人答应了。过了一会儿，他带来了一个不太好的消息：公园里没有一个小孩了。更糟糕的是，再过十分钟这里就要关门了。小男孩开始着急了。他很想离开，但是没有得到离开的准许。难道他要在公园里一直待到天亮吗？

　　正在这时，一位军官走了过来，他了解了情况后，脱去身上的大衣，亮出自己的军装和军衔。接着，他以上校的身份郑重地向小男孩下命令，让他结束任务，离开岗位。

　　军官对小男孩的执行态度十分赞赏。他心里想："这个孩子长大以后一定是个出色的军人。他对工作岗位的责任意识太让人震惊了。"

　　军官想得一点也没错，成年后的小男孩在第二次世界大战中立下赫赫战功，两次荣登《时代》杂志的封面，他就是迄今为止美国历史上最后的一位五星上将——布莱德雷将军。布莱德雷将军的成功与他坚守责任的品质不无关系，因为军人的职责更加需要坚守。

（佚名）

名人小档案

　　奥马尔·纳尔逊·布莱德雷（1893—1981年），美国著名军事家、统帅。他曾是西点军校的高才生，被称为美国的"大兵将军"，曾两次荣登美国《时代》杂志的封面，是迄今为止美国历史上最后的一位五星上将。

我被你骂是应该的，任何人要是接受一项任务，不管责任大小，都应该切实地完成。

蛋糕烤焦了

很多年前，有一个国王，他统治时期国家一点都不太平。强大的邻国频繁地侵略他的国家。入侵者大都勇猛善战，几乎每战必胜。他的国家快要灭亡了。

国王带着自己的军队抵抗着敌人的入侵。但经过多次奋战之后，国王的军队还是溃散了。每个人都尽力各保其命，国王也是如此。他将自己伪装成一名牧羊人，独自逃进了一片森林。

经过几天的流浪，他感到又饿又累，终于，他看到了一间伐木人的小屋，便敲了敲小屋的门，开门的是伐木人的太太。国王向她乞求一些食物，并请求暂住一宿。国王的外表太寒酸了，伐木人的太太完全不知道他真正的身份，她说："如果你能帮我看着这些放在炉子上的蛋糕，我就给你吃一顿晚饭。我现在出去挤牛奶。小心看着蛋糕，在我出去的时候，不要让蛋糕烤焦了。"

国王靠着火炉坐下来，他全神贯注地看着蛋糕。但没过多久，他的脑袋里就满是他自己的烦恼：怎样重整自己的军队，之后，又如何抵御敌人的攻击……他想得越多，就越觉得希望渺茫，甚至开始怀疑继续奋战下去的意义了。当然，他已经完全忘了照看蛋糕的事。

过了一会儿，伐木人的太太回来了，她发现小屋里满是烟，蛋糕变成了烧焦的脆片，而国王坐在炉灶边，出神地瞪着火焰，根本就没有注

意到蛋糕已经烤焦了。

伐木人的太太生气地喊道："你这个懒惰没有用的家伙，看看你做的好事，你让我们都没有晚餐吃啦！"国王从自己的思考中回过神来，惭愧地垂着头。

刚好伐木人回来了，他立刻就认出那个坐在炉灶边的陌生人。

他对太太说："你知道你骂的人是谁吗？这是我们高贵的国王。"

伐木人的太太吓坏了，她跑到国王的身边跪下，乞求他原谅她刚才这么严厉的话语。

但国王并没有生气，他对伐木人的太太说："你骂得没错。我说我会看好蛋糕，而我却把蛋糕烤焦了。我被你骂是应该的，任何人要是接受一项任务，不管责任大小，都应该切实地完成。这次我搞砸了，但是绝不会再有下次了，我要去完成我当国王的责任。"

离开那儿之后没几天，国王就再度重整他的军队，并且很快就将敌人打败了。

（佚名）

美德馨语

每个人来到这个世上都需要承担责任，没有责任的人生是空虚的，不敢承担责任的人生是脆弱的。勇于承担责任，就能获得别人的尊敬和信任，获得生命的成就感和自豪感。这个世界上的每一份责任在每个人的眼里也许有着不同的地位和价值，可能价值连城，也可能一文不值，这是由于每个人对责任都有着自己不同的心态，有着对责任的不同的理解。

心灵成长感悟

★ 如果你是故事中的国王，面对伐木人的太太的指责，你会怎么样呢？

★ 设想伐木工人也没有认出国王来，因此说国王是个"没用的家伙"。面对痛哭的国王陛下，你要怎样去安慰他呢？

名人美德花园

戴高乐：责任支撑崇高的使命

第二次世界大战初期，由于在德意法西斯的侵略面前，法国政府一味采取"绥靖"政策，造成大量的无辜百姓在战争中丧生，国土也大片沦陷。1940 年 6 月 14 日巴黎沦陷后，贝当内阁向德国投降。

曾任雷诺内阁国防次长兼陆军次长的戴高乐准将坚决主战，反对投降。他毅然踏上飞机，只身飞往伦敦，宣布与当时的法国政府决裂，在他到达伦敦的第二天下午，就在伦敦广播电台发表了那篇著名的"6·18 号召"。戴高乐让他的同胞们产生了一种强烈的挽救法兰西的共鸣，给他们又重新点燃了希望的火焰：法兰西没有灭亡！

而那时候的戴高乐既无下属又无组织，除了他本人的坚强意志和品格外，唯一的资本就是英国政府的支持。刚开始，英国首相丘吉尔没怎么把他放在眼中，讥笑他是"一人政府"。而戴高乐严肃地对他说道："首相先生，你必须尊重我，因为我不是代表我个人，而是代表整个法国……"

面对困难，戴高乐坚忍不拔、迎难而上。他说："我的力量有限，甚至孤立无援，但正因为如此，我才必须爬上顶峰，永不后退。"

戴高乐很快得到了法国人民的热烈拥护。就在 6 月 22 日法国政府向德国投降的几天之后，就有 400 多名炮兵、步兵向戴高乐将军前来报到。随后，四面八方的支援向他涌来。到 7 月底的时候，已有 7000 多人志愿拿起武器，誓为"自由法国"而战。

戴高乐说："每当历史最恶劣的时候，我的义务就是把法国的责任担当起来。"他的确没有食言，自始至终他都在为法兰西的明天而奋斗。经过四年的艰苦抗战，法国人民在戴高乐的带领下终于打败了纳粹德国，取得了反法西斯战争辉煌的胜利。至此，他创建的"自由法国运动"光荣地完成了其历史使命，戴高乐的"一人政府"也成了民心所向的真正的法兰西政府，戴高乐成了最受人民爱戴的总统。

（佚名）

名人小档案

夏尔·戴高乐（1890—1970 年），法国出色的政治家和军事家，曾在第二次世界大战期间领导"自由法国运动"，并在战后成立法兰西第五共和国并担任第一任总统。

最终，登山队征服了珠峰。站在山顶上，当他们把队旗插在顶峰的那一刻，也把他们的荣誉和责任留在了世界上最纯净的地方。

责任释放的力量

有一个由业余登山爱好者组成的登山队，他们要对世界第一峰——珠穆朗玛峰发起"进攻"。虽然人类攀登珠峰已经不止一次了，但这是他们第一次攀登世界最高峰，队员们既激动又信心十足，他们决心征服珠穆朗玛。

经过考察后，他们选择自己状态很好、天气也很好的一天出发了。攀登一直很顺利，队员们彼此互相照应，没有出现什么问题，高原缺氧的情况也基本能够适应，在预定时间，他们到达了1号营地。大家都很高兴，因为有了一个良好的开始，就等于成功了一半。

第二天，天气突然发生了变化，风很大，还有雪。登山队长征求大家的意见，要不要回去，因为要确保大家的生命安全。生命只有一次，登山却还有机会。大家都建议继续攀登，登山本来就是对生命极限的一种挑战。

于是，登山队继续向上攀登。尽管环境很恶劣，但是队员们信心十足，大家小心翼翼地向上攀登。"队长，你看!"一个队员大喊，大家寻声望去，看见在离他们很远的地方发生了雪崩。虽然很远，但雪崩的巨大冲击力波及登山队，一名队员突然滑向另一边的山崖，还好，在快落下山崖的那一刻，他的冰锥紧紧地插进了雪层里，他没有滑落下去，但他随时有可能被雪崩的冲击力推下去。

情况十分危险，如果其他队员来营救山崖边的队员，雪崩的冲击力有可能会将别的队员冲下山崖。如果不救，这名队员将在生死边缘徘徊。

队长说："还是我来吧，我有经验，你们帮我。大家把冰锥都死死地插进雪层里，然后用绳子绑住我。"

"这很危险，队长。"队员们说。

"已经没有犹豫的时间了，快!"队长下了死命令。

大家迅速动起手来，队长系着绳子滑向悬崖边，他死命地拉住了抱住冰锥的队员，其他队员使劲把他俩往上拉。就在下一轮雪崩冲击到来之前，队长救出了这名队员。全队沸腾了，经过生死的考验，大家变得更坚强了。

最终，登山队征服了珠峰。站在山顶上，当他们把队旗插在顶峰的那一刻，也把他们的荣誉和责任留在了世界上最纯净的地方。后来，队长说："当时我也非常恐惧，随时可能尸骨无还，但我知道，我有责任去救他，我必须这么做。责任的力量太大了，它战胜了死亡和恐惧。"

（佚名）

美德馨语

责任可以战胜死亡和恐惧，生命往往在责任中开出芳香的花朵，它可以让我们在克服困难的时候变得勇敢和坚强。面对困难和危险，牢记心中的责任，你就能够从中汲取战胜困难的勇气和力量。

心灵成长感悟

★ 冒着生命危险去承担做队长的责任值得吗？如果队长家里还有妻儿老小，他这样冒险算不算是对家人的不负责任？

★ 队长说："责任的力量太强大了，它战胜了死亡和恐惧。"他指的"责任"其实是什么？

名人美德花园

冯玉祥：崇高的尊严诞生伟大的责任

冯玉祥年轻的时候，曾担任过常德镇守使。当时，他非常痛恨日本人在中国的胡作非为。

有一天，从停在沅江的日本军舰上走下来几个日本兵，大摇大摆地想要进城。守城士兵要对他们进行检查，可是日本兵在中国境内放肆惯了，哪里肯接受检查。他们不但拒绝检查，而且还动手打了中国士兵一巴掌。中国士兵岂能受辱，当即端起刺刀与之搏斗，结果三名日本兵受伤后逃走了。

驻常德日本居留民会会长高桥新二得到报告后，马上气势汹汹地找到冯玉祥，高桥新二首先表示了"气愤"，随后日军舰长挺着胸脯，粗声粗气地说："镇守使先生，我们大日本海兵是绝不能受此侮辱的！"

冯玉祥对此早有准备，因此他不慌不忙地说："关于这件事，我刚才已经接到报告了。"

高桥新二说："既然如此，镇守使应该马上对此事做出处理，先把行凶的士兵给监禁起来，然后再谈别的。"

冯玉祥问："那你的根据是什么？"

"按照第222条规定，应该对凶犯进行监禁。"日军舰长马上从腰里掏出一个小册子来，并熟练地翻到已做好记号的一页说。

冯玉祥一听，便问高桥："请问他手中拿的是本什么书？"

高桥回答："是《日本海陆军刑法》。"

冯玉祥听了，眼睛立即瞪圆了，浓眉都立了起来，只见他抬起脚，把鞋脱了下来，马上又站了起来。

高桥见情势不妙，赶紧问道："冯先生，你这是想干什么？"

冯玉祥非常愤怒地说："你告诉他，他要再这样说，我就要用鞋底抽他的嘴巴！"

"这是为什么？"高桥神情慌张地问。

"他这是用你们的日本军法来判处我们的士兵，这显然是在侮辱我中华民族，我当然想用鞋底来教训教训他！"

日军舰长一听冯玉祥的话，脸色顿时变了，慌忙把小册子收了起来，问道："照您的意思，应该怎么处理呢？"

冯玉祥停顿了一下，非常严肃地说道："我们是中国的军队，我有我们中国的军法。"

"那按照你们的军法应该怎么办？"两个日本人紧逼不舍。

冯玉祥表情严肃地说："士兵担负着维持地方治安的责任，有权对任何进城的人进行检查。若对方拒绝接受检查，即可当做匪徒处理。我们的士兵因为忠实地执行命令，打伤匪徒，我要对他们给予大大的奖赏。"

"镇守使先生，"高桥用威胁的口气说道，"你这是不打算跟我们和解，那我们也没别的办法，只有向我们的天皇报告，然后直接同你们的段总理进行交涉。到那时，你可不要后悔。"

冯玉祥冷笑了一声，随即说道："我冯某人已经通电全国，就是为了反对段总理，你难道还不知道吗？你快去叫他来惩处我就是了！我冯某只知真理，只知中国人的自尊自爱，此外没什么可怕的了！"

话讲到这里，高桥和日军舰长的骄横气焰立即被打了下去，他们只得强作笑脸忙赔不是，请求冯玉祥息怒，然后灰溜溜地离开了。

在有关祖国尊严的关键时刻，冯玉祥没有软弱，而是挺身而出，做出了一个中国人应该做的举动。

（佚名）

名人小档案

　　冯玉祥（1882—1948年），安徽巢县人，原名冯基善。民国时期著名直系军阀、军事家、爱国将领、著名民主人士、国民革命军陆军一级上将。1924年在第二次直奉战争中发动"北京政变"，将其所部改组为国民军，任总司令兼第一军军长，后任国民军联军总司令，参加北伐。1917年任国民革命军第二集团军总司令。后因与蒋介石发生利害冲突，举兵反蒋，先后爆发了"蒋冯战争"和"中原大战"。后赴美考察，1948年自美回国乘船途经黑海时遇难。

谢谢你们让我尽了一个医生的职责。这个小生命是我从医以来第一个从我枪口下出生的婴儿，他的勇敢征服了我。我现在真希望自己不是劫犯，而是一名救死扶伤的医生。

医生的职责

有一次，一个劫犯在抢劫银行时被警察包围，无路可退。情急之下，劫犯顺手从人群中拉过一个人当人质。他用枪顶着人质的头部，威胁警察不要走近，并且喝令人质要听从他的命令。

警察四散包围，劫犯挟持着人质向外突围。突然，人质大声呻吟起来。劫犯忙喝令人质住口，但人质的呻吟声越来越大，最后竟然成了痛苦的呐喊。

劫犯这才注意到人质原来是一个孕妇，她痛苦的声音和表情证明她在极度惊吓之下马上要生产。鲜血已经染红了孕妇的衣服，情况十分危急。

一边是漫长无期的牢狱之灾，一边是一个即将出生的生命。劫犯犹豫了，选择一个便意味着放弃另一个，而每一个选择都是无比艰难的。

四周的人群，包括警察在内都注视着劫犯的一举一动，因为劫犯目前的选择是一场良心、道德与金钱、罪恶的较量。终于，他将枪扔在了地上，随即举起了双手。警察一拥而上，围观者竟然响起了掌声。

孕妇不能自持，众人要送她去医院。

已戴上手铐的劫犯忽然说："请等一等好吗？我是医生！"警察迟疑了一下，劫犯继续说："孕妇已无法坚持到医院，随时会有生命危险，请相信我！"警察相信了他，给他打开了手铐。

过了一会儿，一声洪亮的啼哭声惊动了所有听到它的人，人们高呼万岁，相互拥抱。劫犯双手沾满鲜血——是一个崭新生命的鲜血，而不是罪恶的鲜血。他的脸上挂着职业的满足和微笑。人们纷纷向他致意，甚至忘记了他是一个劫犯。

警察将手铐戴在他手上，他说："谢谢你们让我尽了一个医生的职责。这个小生命是我从医以来第一个从我枪口下出生的婴儿，他的勇敢征服了我。我现在真希望自己不是劫犯，而是一名救死扶伤的医生。"

（佚名）

美德馨语

责任是上帝交给灵魂的使命，在我们的血液里不息地流淌。一个罪犯的良知在面对责任时竟变得纯洁和虔诚，故事中的劫犯在面对生命的召唤时，终于选择了医生的神圣职责。这就是责任的力量！无论是罪恶还是污秽，一旦遭遇责任这样的主题，都会如阴暗角落里的螨类，在阳光下无处可逃。

心灵成长感悟

★ 为什么围观的人会为一个罪犯鼓掌？

★ 如果你是故事中的警察，你会相信劫犯，为他打开手铐吗？

★ 你将来想从事什么样的职业呢？你认为这个职业需要承担哪些责任呢？

名人美德花园

萨姆·沃尔顿：责任不是强加的

他的父亲只是一名贫穷的油漆工，仅仅靠着微薄的收入供他念完高中。这一年，他有幸被美国著名学府——耶鲁大学录取，但是，他却因为缴纳不起昂贵的学费而面临辍学的危险。于是，他决定利用假期，像父亲一样外出做油漆工，为自己挣够学费。他到处揽活，终于接到了一栋大房子的油漆任务。尽管主人是个很挑剔的人，不过主人给的工钱不低，不但能够缴清这一学期的学费，甚至连生活费也都有了着落。

这天，眼看着即将完工了。他将拆下来的橱门板，最后再刷一遍油漆。橱门板刷好后，再支起来晾干即可。但就在这时，门铃突然响了，他赶忙去开门，不想却被一把扫帚给绊倒了，绊倒了的扫帚又碰倒了一块橱门板，而这块橱门板又正好倒在了昨天刚刚粉刷好的一面雪白的墙壁上，墙上立即有了一道清晰可见的漆印。他马上动手把这条漆印用切刀切掉，又调了些涂料补上。等一切被风吹干后，他左看右看，总觉得新补上的涂料色调和原来的墙壁不一样。想到那个挑剔的主人，为了那即将得到的酬劳，他觉得应该将这面墙再重新粉刷一遍。

终于，他累死累活地干完了，可第二天一进门，他又发现昨天新刷的墙壁与相邻的墙壁之间的颜色出现了一些色差，而且越是细看越明显。最后，他决定将所有的墙壁重刷……

最后，那个挑剔的主人也对他的工作很满意，付足了全部的酬劳。但是这些钱对他来说，除去涂料费用，就已经所剩无几了，根本不够交学费的。

屋主的女儿不知怎么知道了事情的原委，便将事情告诉了她的父亲。她父亲知道后很感动，在女儿的要求下，同意赞助他上完大学。大学毕业后，这个年轻人不但娶了这个屋主的女儿为妻，而且还进入了这个人所拥有的公司。十多年以后，他成为这家公司的董事长。他就是如今拥有世界五百多家沃尔玛零售超市的富商——萨姆·沃尔顿。

（佚名）

名人小档案

山姆·沃尔顿（1918—1992年），全球闻名的沃尔玛公司的创立者，世界零售业的"精神大师"，1992年获得美国自由勋章，同年4月5日辞世。

后来，当人们去找克里时，他已经消失了。第二天，人们在一个谷仓中发现了他。此时，他已经疯了，在凭空臆想中叫喊着："啊，我本应该……"

可怕的代价

克里·乔尼是一位火车后厢的刹车员。一天晚上，一场暴风雪不期而至，火车晚点了。克里抱怨着，因为这场暴风雪使他不得不在寒冷的冬夜里加班。就在他考虑用什么样的办法才能逃掉夜间的加班时，另一个车厢里的列车长和工程师对这场暴风雪开始警惕起来。

这时，两个车站间，有一列火车发动机的汽缸盖被风吹掉了，不得不临时停车，而另外一辆快速车又不得不拐道，几分钟后要从这一条铁轨上驶来。列车长赶紧跑过来命令克里拿着红灯到后面去。克里心里想，后车厢还有一名工程师和助理刹车员在那儿守着，便笑着对列车长说："不用那么急，后面有人在守着，等我拿上外套就去。"列车长一脸严肃地说："一分钟也不能等，那列火车马上就要来了。"

"好的!"克里微笑着说，列车长听完他的答复后又匆匆忙忙向前部的发动机房跑去。

但是，克里没有立刻就走，他认为后车厢里有一位工程师和一名助理刹车员在那儿替他做这件工作，自己又何必冒着严寒，那么快跑到后车厢去。他停下来喝了几口酒，驱了驱寒气，这才吹着口哨，慢悠悠地向后车厢走去。

他刚走到离车厢十来米的地方，就发现工程师和那位助理刹车员根本不在里面，他们已经被列车长调到前面的车厢去处理另一个问题了。他加快速度向前跑去，但是，一切都晚了。在这可怕的时刻，那辆快速列车的车头撞到了克里所在的这列火车上，受伤乘客的嘶喊声与蒸气泄漏的咝咝声混杂在了一起……

后来，当人们去找克里时，他已经消失了。第二天，人们在一个谷仓中发现了他。此时，他已经疯了，在凭空臆想中叫喊着："啊，我本应该……"

之后，克里被送回了家，随后又被送进了精神病院。

（佚名）

美德馨语

小小的疏忽就有可能带来巨大的灾难。无论做什么事情，万万不可忽视自己的责任，否则就可能要付出极其惨痛的代价。责任感是人走向社会的关键品质，是一个人在社会上立足的重要资本。有句谚语说得好："没有一滴雨认为它应当对洪灾负责。"承担自己应负的责任，哪怕面对最沉重的后果也不逃避，正是这种素质构成了伟大人格的关键。

心灵成长感悟

★ 你同情克里吗？为什么？

★ 克里因为内疚而疯了，这是否说明他也是一个有很强的责任感的人，只是在落实责任上有点拖延？

★ 责任是可怕的，如果你没有承担它，它就会加倍地惩罚你；但同时责任也是可爱的，如果你主动去关注它，它就会给你更多的信任和责任。责任越大意味着能力也越强，而更强的能力又带来更大的责任……如此循环下去，人的一生是否都不能逃避开"责任"两字？

名人美德花园

比尔·盖茨：责任不逃避任何小事

1965 年，我在西雅图景岭学校图书馆担任管理员。一天，有同事推荐一个四年级学生来图书馆帮忙，并说这个孩子聪颖好学。

不久，一个瘦小的男孩来了，我先给他讲了图书分类法，然后让他把已归还图书馆却放错了位置的图书放回原处。

小男孩问："像是当侦探吗？"我回答："那当然。"接着，男孩不遗余力地在书架的迷宫中穿来插去，午休时，他已找出了三本放错地方的图书。

第二天他来得更早，而且更加不遗余力地干活。结束一天的工作后，他正式请求我让他担任图书管理员。又过了两个星期，他突然邀请我上他家做客。吃晚餐时，孩子的母亲告诉我他们要搬家了，搬到附近一个住宅区。孩子听说要转校，担心地说："我走了谁来整理那些站错队的书呢?"

我一直记挂着他。但没过多久，他又在我的图书馆门口出现了，并欣喜地告诉我，那边的图书馆不允许学生打工，妈妈又把他转回我们这边来上学，由他爸爸用车接送。"如果爸爸不带我，我就走路来。"

其实，我当时心里便应该有数，这小家伙决心如此坚定，内心充满责任感，将来一定可以成就一番事业。不过，我可没想到他会成为信息时代的天才、微软电脑公司大亨、美国首富——比尔·盖茨。

这是卡菲瑞先生回忆起比尔·盖茨小时候写下的文字。从中我们可以看出，在许多伟大或杰出人物身上，总有优于常人之处或早或迟地显示出来。比尔·盖茨对待图书馆工作这样的小事，就已经表现出一种超乎同龄人的责任感，难怪他能在信息时代叱咤风云。

（佚名）

名人小档案

比尔·盖茨，美国企业家、软件工程师、慈善家以及微软公司的董事长。他出生于美国西雅图市一个富裕的家庭，19岁进入哈佛大学学习，中途退学，与好友艾伦共同创办了微软公司。1995年到2007年的《福布斯》全球亿万富翁排行榜中，比尔·盖茨连续13年蝉联世界首富。2008年6月27日正式退出微软公司，并把580亿美元个人财产尽数捐到比尔与美琳达·盖茨基金会。

第五辑

志存高远，还需脚踏实地

两颗种子

有两个追求幸福的穷苦青年，经过艰难的跋涉，终于在一个地方，找到了幸福的使者。使者见他们都有一颗善良的心，便给们每人一颗幸福的种子。

一个青年回去后，将种子撒在自家的土地里，不久他的土地里就长出了一棵树苗。他每天辛勤地浇灌，第二年枝繁叶茂，果实挂满枝头。他继续努力，渐渐拥有了大片的果园，成了远近闻名的富足之人。他娶了妻子，有了孩子，过上了幸福的生活。

另一个青年回去后，设了一个神坛，将幸福的种子供奉在上面，每天虔诚地祈祷。青年把头发都熬白了，却仍然一贫如洗。他十分不解，又跋山涉水来到幸福使者面前，抱怨使者骗他。

幸福使者笑而不答，只让他到另一个青年那里去看看。当他看到大片的果园时，顿时醒悟，急忙回去将那颗种子埋到土里，但幸福的种子已被虫蚀空，失去了生命力。

一个埋头耕耘，一个则沉迷于借助虚幻的神力，其结果就是奖勤罚懒。

（迟伟）

美德馨语

人生就像一张洁白的纸，全凭你手中的笔去描绘。玩弄纸笔的人，白纸上只能涂成一摊胡乱的墨迹，只有那些认真书写的人，白纸上才会留下一篇优美的文章。每个人的幸福都要靠自己去创造，手中的幸福种子，只有经过辛勤耕耘，才能开花结果，如果一味地将自己的幸福建立在试图不劳而获的基础上，那么幸福的种子也会蚀空腐烂，失去了生命力，永远都体会不到幸福的滋味。

心灵成长感悟

★ 如果成功的使者给了你一颗成功的种子，你会怎么办呢？

★ 你打算怎样追求自己的幸福？

★ 让身边的人告诉你，你是一个勤劳的人还是懒惰的人？得到答案后，你打算今后怎么做？

名人美德花园

达·芬奇：用勤奋书写伟大传奇

孩提时代的达·芬奇聪明伶俐，勤奋好学，兴趣广泛。达·芬奇从小就表现出了绘画天赋，他画的小动物惟妙惟肖。5岁的时候，他就能凭记忆在沙滩上画出母亲的肖像。

达·芬奇的父亲皮埃罗发现儿子有绘画天赋，便将达·芬奇送往佛罗伦萨，师从著名的艺术家佛罗基奥，开始系统地学习绘画。

可在达·芬奇刚刚来到画坊的时候，老师佛罗基奥就只拿来一个鸡蛋让他画，达·芬奇很快就画了几张，可是老师让他继续画简单的鸡蛋，一连好多天都是如此。面对如此枯燥乏味的工作，达·芬奇终于不耐烦了，认为老师小瞧了他，让他画这么简单的东西，就问老师："老师，您天天让我画鸡蛋，这不是太简单了吗？"老师严肃地说："你以为画鸡蛋很容易，这就错了。要知道，在一千个鸡蛋中，没有形状完全相同的，每个鸡蛋从不同的角度去看，形状也不一样。我让你画鸡蛋，就是要训练你的眼力和耐心，使你能看得准确，画得熟练。"

达·芬奇听了老师的话，开始用心画鸡蛋。他发现，即使是同一个蛋，由于观察角度不同、光线不同，它的形状也不一样。达·芬奇恍然大悟，原来老师是为了培养他观察事物和把握形象的能力。

从此以后，达·芬奇在画室里静心地研究鸡蛋的明暗变化关系，他画了一张又一张的鸡蛋素描，练就了绘画的基本功，并发现了明暗渐进画法。为他以后在绘画和其他方面取得卓越的成就，打下了坚实的基础。

（佚名）

名人小档案

列奥纳多·达·芬奇（1452—1519年），意大利文艺复兴三杰之一。他是一位思想深邃、学识渊博、多才多艺的画家，他的艺术实践和科学探索精神对后代产生了重大而深远的影响。后代的学者称他是"文艺复兴时代最完美的代表"、是"第一流的学者"、是一位"旷世奇才"。代表作有：《蒙娜丽莎》、《最后的晚餐》、《达·芬奇自画像》等。

哲学家微笑着告诉他的学生：要除掉杂草，最好的办法就是在杂草地上种上有用的植物。

拔除杂草的方法

一位哲学家看到自己的几个学生并不是很认真地听他讲课，而且学生们对自己将来要做什么也模糊不清，于是，哲学家打算给学生上一堂特殊的课。

一天，哲学家带着自己的学生来到了一片荒芜的田地，田地里早已是杂草丛生。哲学家指着田里的杂草说："如果要除掉田里的杂草，最好的方法是什么呢？"

学生们觉得很惊讶，难道这就是要上的一堂特别的课吗？学生们于是纷纷提出了自己的意见。

一位学生想了一下，对哲学家说："老师，我有个简便快捷的方法，用火来烧，这样很节省人力。"哲学家听了，点点头。

另一个学生站起来说："老师，我们能够用几把镰刀将杂草清除掉。"哲学家也同样微笑地点点头。

第三位学生说："这个很简单，去买点除草的药，喷上就可以了。"

听完学生的意见，哲学家便对他们说道："好吧，就按照你们的方法去做吧。如果你们不能清除掉杂草，那四个月后，我们再回到这个地方看看吧！"

学生们于是将这块田地分成了三块，各自按照自己的方法去除草。用火烧的，虽然很快就将杂草烧了，可是过了一周，杂草又开始发芽了；用镰刀割的，花了四天的时间，累得腰酸背疼，终于将杂草清除一空，看上去很干净了，可是没过几天，又有新的杂草冒了出来；喷洒除草药的，只是除掉了杂草裸露在地面上的部分，根本无法消灭杂草。于是，学生们失望地离开了。

四个月过去了，哲学家和学生们又来到了自己辛苦工作过的田地。学生们惊讶地发现，曾经杂草丛生的荒芜田地现在已经变成了一块长满水稻的庄稼地。学生们脸上露出了不解的神情。

哲学家微笑着告诉他的学生：要除掉杂草，最好的办法就是在杂草地上种上有用的植物。

学生们会心地笑了起来，这确实是一次不寻常的人生之课。

（佚名）

美德馨语

有句名言说："为自己想要的忙碌，如此即无暇担忧你不想要的。"清除杂草如此，克服懒惰也应该如此。只有勤奋才能彻底战胜懒惰，这是最根本的应对之道。古罗马人有两座圣殿：一座是勤奋的圣殿，另一座是成功的圣殿。他们在安排座位时有一个秩序，就是必须经过前者，才能达到后者。那些试图绕过勤奋去寻找成功的人，总是被排斥在荣誉的殿堂之外，因为勤奋是通向成功的必经之路。

心灵成长感悟

★ 除了种上水稻之外，你还有什么办法来除掉杂草呢？
★ 用同样的道理来思考，怎样才能改掉一个坏习惯？

名人美德花园

彼得大帝：汗水换来最真实的拥有

俄国罗曼诺夫王朝第四代沙皇彼得大帝是俄国历史上最杰出的沙皇。同历史上那些世袭沙皇不一样的是，他是通过艰辛的努力才真正得到自己的王位的，他会经常换下宫廷服装，穿上工作服去从事劳动。他为俄国几乎对西欧文明的成果一无所知感到痛心疾首，便下定决心进行自我教育，希望提高自己国民的素质。

26岁那年，正是其他的王子们耽于玩乐的年龄，彼得开始周游各国，他的目的并不是为了游山玩水，而是向这些国家中的优秀人士学习。在荷兰，他自愿为一位造船师当学徒。在英国，他在造纸厂、磨房、制表厂和其他工厂里干活。他不仅细心地观察，而且像普通工人一样干活并拿到工资。

在伊斯提亚铸铁厂，彼得用一个月的时间来学习怎样冶炼金属，最后一天他铸造了 18 普特的铁，把自己的名字铸在了上面。其他陪同他出访的俄国贵族子弟可能根本没有想到他们会干这样的苦活，当然最后他们也不得不背运煤块和拉风箱。彼得问工头穆勒，普通的铁匠每铸 1 普特的铁可以得到多少报酬。"3 个戈比。"穆勒回答说。

但是工头付给彼得大帝 18 个金币。彼得说："我并没有比普通的铁匠干更多的活，你给别人多少就给我多少吧！我想买一双鞋，我的鞋实在不能穿了。"实际上他脚上穿的鞋已经补过一次了，现在又满是破洞。他对新鞋很满意，说："这是我用自己的汗水换来的。"

彼得大帝铸造的一根铁棒现在还在穆勒的伊斯提亚铸铁厂展示，上面有他的名字。还有一根保存在匹兹堡的国家珍奇博物馆，作为对亲自参加工作的这位伟大国王的纪念。

（佚名）

名人小档案

彼得一世（1672—1725 年），原名彼得·阿列克谢耶维奇·罗曼诺夫，后世尊称为彼得大帝。他是俄国罗曼诺夫王朝第四代沙皇、俄国沙皇、俄罗斯帝国皇帝、著名统帅，1682 年即位，1689 年掌握实权，是俄国最杰出的沙皇。他制定的西方化政策是使俄国变成一个强国的主要因素。

沏茶的水温度不够，想要沏出散发诱人香味的茶水是不可能；你自己的能力不足，要想处处得力、事事顺心自然很难。

水温够了茶自香

一个屡屡失意的年轻人千里迢迢来到普济寺，慕名寻到老僧释圆，沮丧地说："人生总不如意，活着也是苟且，有什么意思呢？"

释圆静静听着年轻人的叹息和絮叨，许久才吩咐小和尚说："施主远道而来，烧一壶温水送过来。"

不一会儿，小和尚送来了一壶温水，释圆把茶叶放进杯子，然后用温水沏上，放在茶几上，微笑着请年轻人喝茶。杯子冒出微微的水汽，茶叶静静浮着。年轻人不解地询问："宝刹怎么温茶？"

释圆笑而不语。年轻人喝一口细品，不由摇摇头："一点茶香都没有呢。"

释圆说："这可是闽地名茶铁观音啊。"

年轻人又端起杯子品尝，然后肯定地说："真的没有一丝茶香。"

释圆吩咐小和尚："再去烧一壶沸水送过来。"

又过了一会儿，小和尚便提着一壶冒着浓浓白汽的沸水进来。释圆起身，又取过一个杯子，放茶叶，倒沸水，再放在茶几上。年轻人俯首看去，茶叶在杯子里上下沉浮，丝丝清香不绝如缕，望而生津。

年轻人欲去端杯，释圆作势挡开，又提起水壶注入一线沸水。茶叶翻腾得更厉害了，一股更醇厚更醉人的茶香袅袅升腾，在禅房弥漫开来。释圆这样注了五次水，杯子终于满了，那绿绿的一杯茶水，端在手上清香扑鼻，入口沁人心脾。

释圆笑着问："施主可知道，同是铁观音，为什么茶味迥异吗？"

年轻人思忖着说："一杯用温水，一杯用沸水，冲沏的水不同。"

释圆点头："用水不同，则茶叶的沉浮就不一样。温水沏茶，茶叶轻浮水上，怎会散发清香？沸水沏茶，反复几次，茶叶沉沉浮浮，释放出四季的风韵：既有春的幽静、夏的炽热，又有秋的丰盈和冬的清冽。世间芸芸众生，和沏茶是同一个道理。沏茶的水温度不够，想要沏出散发诱人香味的茶水是不可能；你自己的能力不足，要想处处得力、事事顺心自然很难。要想摆脱失意，最有效的方法就是苦练内功，提高自己的能力。"

年轻人茅塞顿开，回去后刻苦学习，虚心向人求教，很快就走出了人生无趣的心境。

（佚名）

美德馨语

勤奋应该是一生的事业，唯有不懈的努力，才能赢得人生的骄傲与成功。有时候，我们要清醒地认识到自己的努力还不够，正如泡茶的水如果不够滚烫，是泡不出一壶清香四溢的好茶的。当你遇到困难的时候，不要怀疑自己是不是没有才能，而要问问自己是不是足够地努力和用心。

心灵成长感悟

★ 你知道珍珠的来历吗？要成为一粒浑圆有光泽的珍珠，需要怎样的一番磨炼呢？

★ 现在就用释圆法师的方法泡一杯茶吧，请记住你闻到的茶香的味道。

名人美德花园

撒切尔夫人：永远都要坐在前排

20世纪30年代，在英国一个不出名的小镇里，有一个叫玛格丽特的小姑娘。玛格丽特自小就受到严格的家庭教育，父亲经常对她说："孩子，永远都要坐在前排。"父亲极力向她灌输这样的观点：无论做什么事情都要力争一流，永远走在别人前头，而不能落后于人。"即使是坐公共汽车，你也要永远坐在前排。"父亲从来不允许她说"我不能"或者"太难了"之类的话。

玛格丽特在学校是最勤奋的学生，是学生中的佼佼者之一。她以出类拔萃的成绩顺利地升入当时像她那样出身的学生都不敢奢望进入的文法中学。

玛格丽特满17岁的时候，她开始明确了自己的人生追求——从政。

然而，那个时候，进入英国政坛要有一定的党派背景，而当时的牛津大学就是保守党员最大俱乐部的所在地。由于她从小受化学老师影响很大，于是她决定报考牛津大学的萨默维尔学院。

一天，玛格丽特终于勇敢地走进文法中学校长吉利斯小姐的办公室，说："校长，我想现在就去考牛津大学的萨默维尔学院。"

校长难以置信，说："什么？你是不是欠缺考虑？你现在连一节课的拉丁语都没学过，怎么去考牛津？"

"我可以现在开始学习拉丁语！"

"你才17岁，而且你还差一年才能毕业，你必须毕业后再考虑这件事。"

"我可以申请跳级！"

"绝对不可能，而且，我也不会同意。"

"你在阻挠我实现理想！"玛格丽特头也不回地冲出校长办公室。

回家后她取得了父亲的支持，开始了艰苦的复习、学习备考。在她提前几个月得到了高年级学校的合格证书后，就参加了大学考试。她凭着自己顽强的毅力和拼搏精神，在一年内全部学完了别人几年才要学完的学业，并取得了相当优异的成绩。她如愿以偿地收到了牛津大学萨默维尔学院的入学通知书。

正是因为从小就受到父亲的严格教育，才培养了玛格丽特积极向上的决心和信心。在以后的学习、生活或工作中，她时时牢记父亲的教导，总是抱着一往无前的精神和必胜的信念，尽自己最大的努力克服一切困难，做好每一件事情，事事力争一流，以自己的行动实践着"永远坐在前排"。

40多年以后，这个当年对人生理想孜孜以求的小姑娘玛格丽特终于得偿所愿，成为英国乃至整个欧洲政坛上一颗耀眼的明星，她就是连续4年当选保守党主席，并于1979年成为英国第一位女首相，雄踞政坛长达11年之久，被世界政坛誉为"铁娘子"的玛格丽特·撒切尔夫人。

（佚名）

名人小档案

玛格丽特·希尔达·撒切尔，英国历史上第一位女首相，也是欧洲历史上第一位女首相，雄踞政坛11年，首相任职期间政绩卓著。她以其意志刚强、作风果断、不屈不挠而获得"铁女人"之称。

海鸥总显得非常笨拙，它们从沙滩飞向天空总要很长时间，然而，真正能飞越大海、横过大洋的还是它们。

海滩上的答案

有一个孩子想不明白自己的同桌为什么每次都能考第一，而自己每次却只能排在同桌的后面。回家后，他问道："妈妈，我是不是比别人笨？我觉得我和同桌一样听老师的话，一样认真地做作业，可是，为什么我总比他落后？"

妈妈听了儿子的话，感觉到儿子开始有自尊心了，而这种自尊心正在被学校的排名伤害着。她望着儿子，没有回答，因为她不知该怎样回答。

又一次考试后，孩子考了第20名，而他的同桌还是第一名。回家后，他又问了妈妈同样的问题。妈妈真想说，人的智力确实有高低之分，然而这样的回答，难道真是孩子想知道的答案吗？她依然没有回答孩子。

应该怎样回答孩子的问题呢？有几次，妈妈真想重复那几句被许多父母重复了上万次的话——你在学习上还不够勤奋、和别人比起来还不够努力……以此来搪塞儿子。然而，像她儿子这样脑袋不够聪明、在班上成绩不甚突出的孩子，平时活得还不够辛苦吗？所以她没有那么说，她想为儿子的问题找到一个完美的答案。

这个孩子小学毕业了，虽然他比过去更加刻苦，但依然没赶上他的同桌，不过与过去相比，他的成绩一直在提高。

为了对孩子的进步表示赞赏，妈妈带他去看了一次大海。就是在这次旅行中，这位母亲回答了儿子的问题。

母亲和儿子坐在沙滩上，她指着海面对儿子说："你看那些在海边争食的鸟儿，当海浪打来的时候，小灰雀总能迅速地飞起，它们拍打两三下翅膀就升入了天空；而海鸥总显得非常笨拙，它们从沙滩飞向天空总要很长时间，然而，真正能飞越大海、横过大洋的还是它们。"

说完，母亲轻轻地抚摸着儿子的头，她希望孩子会明白……

（佚名）

🍵 美德馨语

聪明出于勤奋，天才在于积累。人的天赋就像火花，它既可以熄灭，也可以燃烧，而使它熊熊燃烧的办法，只有一个，那就是勤奋。勤奋的道理每一个人都懂，却不是每一个人都能做到的。只有那些真正能做到的人，才能获得成功。只有那些比别人更早、更勤奋努力的人，才能更早尝到成功的滋味。

☀ 心灵成长感悟

★ 你明白故事中母亲的意思吗？

★ 据说世界上只有两种动物能到达埃及金字塔的顶端，一种是雄鹰，还有一种是什么呢？猜猜看，然后利用网络或者询问老师的方法找到答案。

⭐ 名人美德花园

威尔玛·鲁道夫：勤奋赶走阴霾的命运

威尔玛·鲁道夫从小就"与众不同"，因为患有小儿麻痹症，不要说像其他孩子那样欢快地跳跃奔跑，就连平常走路都做不到。寸步难行的她非常悲观和忧郁，当医生教她做一点运动，说这可能对她恢复健康有益时，她就像没有听到一般。

随着年龄的增长，她的忧郁和自卑感越来越重，甚至她拒绝所有人的靠近。但也有个例外，邻居家那个只有一只胳膊的老人却成为她的好伙伴。老人是在一场战争中失去一只胳膊的，老人非常乐观，她很喜欢听老人讲故事。

这天，她被老人用轮椅推着去附近的一所幼儿园，操场上孩子们动听的歌声吸引了他们。当一首歌唱完，老人说道："我们为他们鼓掌吧！"她吃惊地看着老人，问道："我的胳膊动不了，你只有一只胳膊，怎么鼓掌啊？"老人对她笑了笑，解开衬衣扣子，露出胸膛，用手掌拍起了胸膛……

那是一个初春，风中还有几分寒意，但她却突然感觉自己的身体里涌动起一股暖流。老人对她笑了笑，说："只要努力，一个巴掌一样可以拍响。你一样能站起来的！"

那天晚上，她让父亲写了一张纸条，贴到了墙上，上面是这样的一行字："一个巴掌也能拍响。"从那之后，她开始配合医生做运动，无论多么艰难和痛苦，她都咬牙坚持着。甚至父母不在时，她自己扔开支架，试着走路。蜕变的痛苦是牵扯到筋骨的，但她坚持，自己一定能够像其他孩子一样行走、奔跑。

11岁时，她终于扔掉支架，她又开始向另一个更高的目标努力，她开始锻炼打篮球和参加田径运动。

1960年罗马奥运会女子100米跑决赛，当她以11秒18第一个撞线后，掌声雷动，人们都站起来为她喝彩，齐声欢呼着这个美国黑人的名字：威尔玛·鲁道夫。

那一届奥运会上，威尔玛·鲁道夫成为当时世界上跑得最快的女人，她共摘取了3枚金牌，也是第一个黑人奥运女子百米冠军。

（佚名）

名人小档案

　　威尔玛·鲁道夫（1940—1994年），曾经得过小儿麻痹、猩红热和双侧肺炎，但她最终战胜了这些儿时疾病，在1960年罗马奥运会的田径赛事中夺得3枚金牌，成为奥运会历史上最伟大的女子短跑运动员之一。由于她跑步的姿态优雅，欧洲体赞誉她为"黑羚羊"。1962年宣布退役，结束自己的运动生涯，从事教练生涯，并且为穷苦儿童做了大量的工作。1994年11月12日，不幸死于脑癌，年仅54岁。

在现实中，我对自己深感鄙弃，因为我浪费了自己的才华，再也写不出作品了。而在想象中，我是个大诗人，我已经写出了传世之作，已经登上了诗歌的王位。尊贵的阁下，请您原谅我这个狂妄无知的乡下小子……

梦想中的作品

一年夏天，一位来自马萨诸塞州的乡下小伙子登门拜访年事已高的爱默生。小伙子自称是一个诗歌爱好者，从 7 岁起就开始进行诗歌创作，但由于地处偏僻，一直得不到名师的指点，因仰慕爱默生的大名，故千里迢迢前来寻求文学上的指导。

这位青年诗人虽然出身贫寒，但谈吐优雅、气度不凡。老少两位诗人谈得非常融洽，爱默生对他非常欣赏。临走时，青年诗人留下了薄薄的几页诗稿。

爱默生读了这几页诗稿后，认定这位乡下小伙子在文学上将会前途无量，决定凭借自己在文学界的影响大力提携他。

爱默生将那些诗稿推荐给文学刊物发表，但反响不大。他希望这位青年诗人继续将自己的作品寄给他。于是，老少两位诗人开始了频繁的书信来往。

青年诗人的信一写就长达几页，大谈文学问题，激情洋溢，才思敏捷，爱默生对他的才华大为赞赏，在与友人的交谈中经常提起这位青年诗人。

青年诗人很快就在文坛上有了一点小小的名气。但是，这位青年诗人以后再也没有给爱默生寄诗稿来，信却越写越长，奇思异想层出不穷，言语中开始以著名诗人自居，语气越来越傲慢。

爱默生开始感到了不安。凭着对人性的深刻洞察，他发现这位年轻人身上出现了一种危险的倾向。

通信一直在继续。爱默生的态度逐渐变得冷淡，成了一个倾听者。

很快，秋天到了。爱默生去信邀请这位青年诗人前来参加一个文学聚会。他如期而至。在这位爱默生的书房里，两人进行了一番对话。

"后来为什么不给我寄稿子了？"

"我在写一部长篇史诗。"

"你的抒情诗写得很出色，为什么要中断呢？"

"要成为一个大诗人就必须写长篇史诗，小打小闹是毫无意义的。"

"你认为你以前的那些作品都是小打小闹吗？"

"是的，我是个大诗人，我必须写大作品。"

"也许你是对的。你是个很有才华的人，我希望能尽早读到你的大作品。"

"谢谢，我已经完成了一部，很快就会公之于世。"

文学聚会上，这位被爱默生所欣赏的青年诗人大出风头。他逢人便谈他的伟大作品，表现得才华横溢，锋芒咄咄逼人。虽然谁也没有拜读过他的大作品，即便是他那几首由爱默生推荐发表的小诗也很少有人拜读过，但几乎每个人都认为这位年轻人必将成大器。否则，大作家爱默生能如此欣赏他吗？

转眼间，冬天到了。青年诗人继续给爱默生写信，但不再提起他的大作品。信越写越短，语气也越来越沮丧，直到有一天，他终于在信中承认，长时间以来他什么都没写。以前所谓的大作品根本就是子虚乌有之事，完全是他的空想。

从此之后，爱默生再也没有收到这位青年诗人的来信。

（佚名）

美德馨语

任何一个年轻人，谁没有空想过？谁没有幻想过？但人总归是要长大的。天地如此广阔，世界如此美好，等待你们的不仅仅是需要一对幻想的翅膀，更需要一双踏踏实实的脚！

心灵成长感悟

★ 青年诗人之所以没有成就他的大作，主要原因在哪里？

★ 你现在最喜欢的作家是谁？试着给他写一封信，谈谈你对他的作品的想法和一些自己在写作方面的困惑。

名人美德花园

杰克·伦敦：将勤奋坚持到底

美国著名作家杰克·伦敦在 19 岁以前，还从来没有在正规学校中接受教育。但他非常勤奋，通过不懈的努力，使自己从一个小混混成为一个文学巨匠。

杰克·伦敦的童年生活充满了贫困与艰难，他整天像发了疯一样跟着一群恶棍在旧金山海湾附近游荡。说起学校，他不屑一顾，他把大部分的时间都花在偷盗等勾当上。不过有一天，他漫不经心地走进一家公共图书馆内，读起名著《鲁滨孙漂流记》时，他看得如痴如醉，并受到了深深的触动。在看这本书时，饥肠辘辘的他竟然舍不得中途停下来回家吃饭。第二天，他又跑到图书馆去看别的书，另一个新的世界展现在他的面前——一个如同《天方夜谭》中巴格达一样奇异美妙的世界。从这以后，一种酷爱读书的情绪便不可抑制地左右了他。他每天读书的时间达到了 10 至 15 小时，从荷马到莎士比亚，从赫伯特斯宾基到马克思等人的所有著作，他都如饥似渴地读着。

19 岁时，他决定停止以前靠体力劳动吃饭的生涯，他厌倦了流浪的生活，他不愿再挨警察无情的拳头，他也不甘心让铁路的工头用灯按自己的脑袋。

于是，他进入加利福尼亚州的奥克德中学。他不分昼夜地用功读书，从来就没有好好地睡过一觉。天道酬勤，他也因此有了显著的进步，只用了三个月的时间就把四年的课程学完，通过考试后，他进入了加州大学。

他渴望成为一名伟大的作家。在这一雄心的驱使下，他一遍又一遍地读《金银岛》、《基督山伯爵》、《双城记》等书，之后就拼命地写作。他平均每天写 5000 字，也就是说，他可以用 20 天的时间完成一部长篇小说。他有时会一口气给编辑们寄出 30 篇小说，但它们统统被退了回来。

后来，他写了一篇名为《海岸外的飓风》的小说，这篇小说获得了《旧金山呼声》杂志所举办的征文比赛第一名，但他只得到了 20 美元的稿费。五年后的 1903 年，他有 6 部长篇以及 125 篇短篇小说问世，他成了美国文艺界最为知名的人物之一。

（佚名）

名人小档案

杰克·伦敦（1876—1916 年），美国著名的现实主义作家，在现代美国文学和世界文学都享有崇高地位。他一生共创作了约 50 部作品，其中最为著名的有《野性的呼唤》、《海狼》、《白牙》、《马丁·伊登》和一系列优秀短篇小说《热爱生命》、《老头子同盟》、《北方的奥德赛》、《马普希的房子》、《沉寂的雪原》等。

第六辑

勇气来自坚强的心灵

小松鼠的勇敢不但拯救了森林，也获得了新生，赢得了美丽。

勇 敢 的 小 松 鼠

在古老的印度，一直流传着一个美丽的故事，故事的主角是一只小松鼠。

森林中所有的小动物，一直都快乐地生活着。在这片森林里，从来没有发生过什么大的变故，即使间或有几只猛兽经过，小动物们也懂得将自己妥善地藏匿起来，不至于成为猛兽口中的食物，所以这些小动物们，大都能够在森林中怡然自得直到终老。

一日，天神心血来潮，想要测试森林中动物们对于危机的应变能力，便从空中挥下了一道闪电，刺眼的电光击中森林中一棵最大的树，立时燃起熊熊的大火。这场森林大火一发不可收拾，席卷了森林中无数树木的枯枝败叶，同时也威胁到所有小动物的生命安全。

惊慌的动物们拼命向森林的外缘奔逃，希望能逃出这场大火造成的劫难。但它们却不知道，大火燃起的同时，在森林四周，早已被大火引来了无数贪婪的肉食猛兽，它们也正张开大口、流着馋涎，等候这些小动物们自己送上门来。

在这片森林的所有动物当中，只有一只小松鼠和别的动物不同，它非但不选择逃难，反倒奋不顾身地向着大火冲了过去。小松鼠在森

林中一个即将被烈火烤干的水塘中，将自己瘦小的身子完全沾湿，然后再冲进火场，拼命抖洒着身上沾附的水珠，希望能缓解正在毁灭森林的火势。

这时，天神化身成为一位老人，站在小松鼠的身前，问道："孩子，你难道不知道？像你这样的做法，对这场大火而言，是根本无法造成任何影响的。"

小松鼠那条蓬松而美丽的大尾巴，已经被炙热的树枝烙印出三条黑色的焦痕，但它仍是卖力地用身体沾水，试图灭火，百忙中还对天神化身的老者说道："也许我的力量不足以灭火，但我相信凭着我的努力，至少可以减少森林中几只小动物的丧生啊！而且，或许因为我的执著，还有可能感动天神，让它降下甘霖，浇灭了这场要命的大火也说不定。"

只听得老者一声大笑，小松鼠的周遭突然变得清凉无比，大火在一瞬间消失无踪。天神接着伸出手来，在小松鼠烧伤的尾巴上轻抚了一下，顿时焦痕变成了三道奇幻瑰丽的花纹，这就是印度最美的三纹松鼠神奇而美丽的由来。

小松鼠的勇敢不但拯救了森林，也获得了新生，赢得了美丽。

（佚名）

美德馨语

一个人绝不可以在遇到危险的威胁时，背过身去试图逃避。没有勇气，失去热忱，人生就可能走上一个灰色的拐点。无论将来是风雨还是彩虹，只要我们一直拥有无畏的勇气，生命就一定不会因此而气馁或陷入绝望之中。

心灵成长感悟

★ 想一想，人们为什么要给一只小松鼠编这样一个故事，而不是小刺猬、斑鸠或者猫头鹰？

★ 萨摩耶犬有着非常引人注目的外表：雪白的毛，黑而亮的眼睛，尤其是它的上翘嘴唇，看起来就像是在微笑。因此也有人说那是"萨摩耶的微笑"。请你为这种可爱的狗编一个故事吧，来解释为什么它总是微笑。

迪斯尼：绝不向失败妥协

迪斯尼在上学的时候，就对绘画和描写冒险生涯的小说特别入迷，并很快就读完了马克·吐温的《汤姆·索亚历险记》等探险小说。

一次，老师布置了绘画作业，小迪斯尼就充分地发挥自己的想象力，把一盆的花朵都画成了人脸，把叶子画成人手，并且每朵花都以不同的表情来表现自己的个性。按说这对孩子来说应该是一件非常值得肯定的事，然而，无知的老师根本就不理解，竟然认为小迪斯尼这是胡闹，说："花儿就是花儿，怎么会有人形？不会画画，就不要乱画！"并当众把他的作品撕了。小迪斯尼辩解说："在我的心里，这些花儿确实是有生命的啊，有时我能听到风中的花朵在向我问好。"老师并没有表扬他的创意，而是结结实实地将他揍了一顿。

值得庆幸的是，老师的拳头并没有改变迪士尼"乱画的毛病"，他一直在努力地追求着成为一个漫画家的梦想。

第一次世界大战美国参战后，迪斯尼不顾父母的反对，报名当了一名志愿兵，在军队中做了一名汽车驾驶员。闲暇的时候，他创作了一些漫画作品寄给国内的一些幽默杂志，他的作品竟然无一例外地被退了回来，理由就是作品太平庸，作者缺乏才气和灵性。

战争结束后，迪斯尼拒绝了父亲要他到自己有些股份的冷冻厂工作的要求，他要去实现童年时就立誓实现的画家梦。他来到了堪萨斯市，拿着自己的作品四处求职，经过一次又一次的碰壁之后，终于在一家广告公司找到了一份工作。然而，他只干了一个月就被辞退了，理由仍是缺乏绘画能力。

1923 年 10 月，迪斯尼终于和哥哥罗伊在好莱坞一家房地产公司后院的一个废弃的仓库里，正式成立了属于自己的迪斯尼兄弟公司，不久，公司就更名为"沃尔特·迪斯尼公司"。虽然历尽了坎坷，但他创造的米老鼠和唐老鸭几年后便享誉全世界，并为他获得了 27 项奥斯卡金像奖，使他成为世界上获得该奖最多的人。他死后，《纽约时报》刊登的讣告这样写道："华特·迪斯尼开始时几乎一无所有，仅有的就是一点绘画才能，与所有人的想象不相吻合的天赋想象力，以及百折不挠一定要成功的决心，最后他成了好莱坞最优秀的创业者和全世界最成功的漫画大师……"

（佚名）

名人小档案

　　华特·迪士尼（1901—1966年），美国著名导演、制片人、编剧、配音演员和卡通设计者，并且和其兄洛伊·迪士尼一同创办了世界著名的华特迪士尼公司。华特·迪士尼是一个成功的故事讲述者，一个实践能力很强的制片和一个很普通的艺人。他和他的职员一起创造了许许多多世界上最有名的最受欢迎的角色，包括那个经常被提及的称得上是他的好友的米老鼠。

他低下头，开始打量自己，却惊奇地发现，他已经什么都没有了——除了一颗金灿灿的心，而他的眼睛，正长在他的心上。

小泥人过河

一天，上帝宣旨说，如果哪个泥人能够走过他指定的河流，他就会赐给这个泥人一颗永不消逝的金子般的心。

这道旨意下达之后，泥人们久久都没有回应。不知道过了多久，终于有一个小泥人站了出来，说他想过河。

"泥人怎么可能过河呢？你不要做梦了。"

"你知道肉体一点儿一点儿失去时的感觉吗？"

"你将会成为鱼虾的美味，连一根头发都不会留下……"

然而，小泥人决意要过河。他不想一辈子做小泥人。他想拥有自己的天堂。但是，他也知道，要到天堂，得先过地狱。而小泥人的地狱，就是他将要去经历的河流。

小泥人来到了河边，犹豫了片刻后，便将双脚踏进了水中。一种撕心裂肺的痛楚顿时蔓延全身。他感到自己的脚飞快地溶化着。

"快回去吧，不然你会毁灭的！"河水咆哮着说。

小泥人没有回答，只是沉默地往前挪动，一步一步……这一刻，他忽然明白，他的选择使他连后悔的资格都没有了。如果倒退上岸，他就是一个残缺的泥人；在水中迟疑，只能加快自己的毁灭。而上帝给他的承诺是那么遥不可及。

小泥人孤独而偃蹇地走着。这条河真宽啊，仿佛耗尽一生也走不到尽头似的。小泥人向对岸望去，看见了美丽的鲜花、碧绿的草地和快乐飞翔着的小鸟。也许那就是天堂的生活。可是他付出一切也几乎不能抵达。上帝没有赐给他出生在天堂当花草的机会，也没有赐给他一双小鸟的翅膀。但是，这能够埋怨上帝吗？上帝允许他做泥人，而他自己却放弃了安稳的生活。

小泥人以一种几乎不可能的方式向前挪动着，一厘米，一厘米……鱼虾贪婪地啄着他的身体，松软的泥沙使他每一瞬间都摇摇欲坠，无数次，他都被波浪呛得几乎窒息。小泥人真想躺下来休息一会儿。可他知道，一旦躺下他就会永远安眠，连痛苦的机会也没有了。他只能忍受、忍受、再忍受。奇妙的是，每当小泥人觉得自己就要死去的时候，总有什么东西使他能够坚持到下一刻。

不知道过了多久，小泥人突然发现，自己居然上岸了。他如释重负，欣喜若狂，正想往草坪上走，又怕自己身上的泥土玷污了天堂的洁净。他低下头，开始打量自己，却惊奇地发现，他已经什么都没有了——除了一颗金灿灿的心，而他的眼睛，正长在他的心上。

他终于明白了：天堂里从来就没有什么幸运的事情。花草的种子先要穿越沉重黑暗的泥土才能在阳光下发芽微笑，小鸟要失去无数根羽毛才能够锤炼出凌空的翅膀。而作为一个小小的泥人，自己只有以一种奇迹般的勇气和毅力，才能够让生命的激流荡清灵魂的浊物，然后，找到那颗金子般的心。

（佚名）

美德馨语

每个人都有可能获得一颗金子般的心。关键是你的勇气和毅力！你想不想去获得，敢不敢获得，会不会去获得，最后怎样去理解和认识这种获得。一个没有勇气的人，一定不会取得任何成就。而一个有勇气的人，有时比一个能工巧匠更能获得成功。所以，任何时候，你一定要鼓足勇气，做一个"敢做"的人；任何时候，都不要失去勇气，即使一件事你没有十足的把握，也要把勇气放在心头。

心灵成长感悟

★ 对现在的你来说，什么是那条需要勇气跨越的"宽阔的河流"？

★ 泥人如果中途放弃回到岸上，他也已经不再是一个完整的泥人了。很多时候我们做出了选择就无法再回到从前。正是因为如此，我们才需要有持之以恒的决定和大无畏的勇气。你知道历史上还有哪些类似的故事？

哥伦布：真正的强者把勇气当做滋补剂

　　哥伦布还在求学的时候，偶然读到一本毕达哥拉斯的著作，从中知道地球是圆的，他就牢记在脑子里。经过很长时间的思索和研究后，哥伦布大胆地提出，如果地球真是圆的，他便可以经过极短的路程而到达印度了。自然，当时许多有常识的大学教授和哲学家都耻笑他的意见。因为，他想向西方行驶而到达东方的印度，岂不是傻人说梦话吗？他们告诉哥伦布：地球不是圆的，而是平的，然后又警告道，他如果一直向西航行，他的船将驶到地球的边缘而掉下去……这不是等于走上自杀之路吗？

　　然而，哥伦布对这个问题很有自信，只可惜他家境贫寒，没有钱让他去实现这个冒险的理想。他想从别人那儿得到一些资助，但却一连空等了 17 年。当时哥伦布决定不再向这个"理想"努力了，因为使他忧虑和失望的事情太多了，竟使他的头发完全变白了——虽然当时他还不到五十岁。

　　灰心的哥伦布，这时只想进西班牙的修道院，去度过其后半生。正在这时候，罗马教皇却怂恿西班牙皇后伊莎贝露帮助哥伦布。教皇先送了一些钱给哥伦布，算是路费。但哥伦布觉得衣服过于褴褛，便用这些钱买了一套新装和一匹驴子，然后启程去见伊莎贝露，沿途穷得竟以乞讨糊口。皇后赞赏他的理想，并答应赐给他船只，让他去从事这项冒险的工作，令他为难的是，水手们都怕死，没人愿意跟随他。于是哥伦布鼓起勇气跑到海边，捉住了几位水手，先向他们哀求，接着是劝告，最后甚至用恐吓手段逼迫他们去。一方面他又请求国王释放了狱中的死囚，允许他们如果冒险成功，就可以免罪恢复自由。

　　1492 年 8 月，哥伦布率领三艘船，开始了一个划时代的航行。刚航行几天，就有两艘船破了，接着又在几百平方公里的海藻中陷入了进退两难的险境。他亲自拨开海藻，才得以继续航行。在浩瀚无垠的大西洋中航行了六七十天，也不见大陆的踪影，水手们都失望了，他们要求返航，否则就要把哥伦布杀死。哥伦布兼用鼓励和高压两手，总算说服了船员。

　　天无绝人之路，在继续前进中，哥伦布忽然看见有一群海鸟向西南方向飞去，他立即命令船队改变航向，紧跟这群海鸟。因为他知道海鸟总是飞向有食物和适于它们生活的地方，所以他预料到附近可能有陆地。果然他们很快发现了美洲新大陆。当他们返回欧洲报喜的时候，又遇上了四天四夜的大风暴，船只面临沉没的危险。在十分危急的时候，哥伦布想到的是如何使世界知道他的新发现，于是，他将航行中所见到的一切写在羊皮纸上，用蜡布密封后放在桶内，准备在船毁人亡后，使自己的发现能够留在人间。

　　最终哥伦布脱离了危险，胜利返航，探险取得了成功！

（佚名）

名人小档案

　　里斯托弗·哥伦布（约 1451—1506 年），意大利航海家，先后 4 次出海远航发现了美洲大陆，开辟了横渡大西洋到美洲的航路，证明了大地球形说的正确性，促进了旧大陆与新大陆的联系。

斯巴达人勇敢保卫家园已经成为传世的一段佳话，自那以后，斯巴达人便成为了勇敢的代名词。

勇敢的代名词

波斯王薛西斯一世率领强大的军队从东边向希腊进军，他们沿着海岸行进，几天之后就会到达希腊，希腊由此而陷入危险困境之中。希腊人下定决心抵抗入侵者，保卫他们的家园和自由。

波斯军队只有一个途径可以进入希腊，那就是经由一个山和海之间的狭窄通道——瑟摩皮雷隘口。

守卫瑟摩皮雷隘口的是斯巴达人里欧尼达斯，他手下只有几千名士兵，波斯的军队比他们强大许多，但是斯巴达人依旧充满信心。经过两天的攻击后，里欧尼达斯仍然坚守隘口。但是那天晚上，一个希腊人出卖了一个秘密：隘口不是唯一的通路，有一条长而弯曲的猎人打猎走的小路可以通到山脊上。

叛徒的计划得逞了，守卫那条秘密小径的人受到袭击，并且被击败了。几个士兵及时逃出去报告里欧尼达斯。

面对如此严峻的形势，里欧尼达斯制定了作战计划：他命令大部分的军队偷偷从山里回到需要他们保护的城市，只留下他的三百名斯巴达皇家卫兵保卫隘口。

波斯人攻来了，斯巴达人勇敢地把守住狭隘的关口，无畏地面对敌人。他们不知道什么叫害怕，只要波斯人上来了，就让波斯人死在他们的长矛之下。

可是，寡不敌众，斯巴达人一个接一个地倒下去了。他们的长矛终于被折断，但他们仍然肩并肩地战斗。他们有的用剑，有的用匕首，有的甚至用拳头、牙齿来战斗。

整整一天，波斯的军队被牵制住，不能前进一步。但是到太阳下山的时候，三百斯巴达壮士全部阵亡。在他们坚守的阵地只剩下一堆堆的尸体，上面全是矛和剑。

尽管波斯人最终攻下了隘口，但也为此付出了极为惨重的代价。希腊海军由此得以聚集起来，而且不久之后，他们便将薛西斯一世赶回亚洲了。

许多年后，希腊人在瑟摩皮雷隘口竖起了一座纪念碑，碑上刻着这些斯巴达人勇敢保卫他们家园的纪念文：

"旅行者，先不要赶路，驻足追念斯巴达人，在此，如何奋战到最后。"

斯巴达人勇敢保卫家园已经成为传世的一段佳话，自那以后，斯巴达人便成为了勇敢的代名词。

（佚名）

美德馨语

畏惧敌人会使自己徒然沮丧，也就削弱了自己的力量，增加了敌人的士气，只有勇气才能让我们充满胜利的力量。每一个向往成功、不甘沉沦的人，都具备一往无前的勇气。当一个人没有勇气时，就如同没有脊椎骨的人永远站不起来一样，任何事情都不会做成功。

心灵成长感悟

★ 试着描绘一下斯巴达克人誓死奋战的场景吧！

★ 如果在一场激烈的运动比赛中，你所在的队明显已经处于劣势，你还会勇敢地竞争到最后吗？

名人美德花园

米穆：希望是战胜困苦去实现的

阿兰·米穆出生在一个相当贫穷的家庭。从孩提时代起，他就非常喜欢运动。可是，因为家里很穷，他甚至连饭都吃不饱，更不可能有一双像样的运动鞋。这对任何一个喜欢运动的人来讲都是颇为难堪的。

小学毕业后，由于没有申请到助学基金，无法继续读书，米穆只好到咖啡馆里打工。他每天要一直工作到深夜，但还是坚持长跑。为了能进行锻炼，他每天早上五点钟就得起来，累得脚跟都发炎脓肿了。为了有碗饭吃，米穆其实并没有多少时间训练。不过，他还是咬紧牙关报名参加了法国田径冠军赛。

仅仅进行了一个半月的训练后，米穆先是参加了 1 万米冠军赛，获得了第三名。第二天，他决定再参加 5000 米的比赛，又得了第二名。就这样，他被选中参加伦敦奥林匹克运动会。

对米穆来说，这简直是不可思议的事情！他在当时甚至还不知道什么是奥林匹克运动会，也想象不到奥运会是如此宏伟壮观，全世界好像都凝缩在那里了。在这个时刻，他知道自己代表的是法国。

但令米穆感到不快的是，他并没有被人认为是一名法国选手，没有一个人看得起他。比赛前几个小时，米穆想请按摩医生替自己按摩一下，但医生拒绝了他的要求，声称是派来为冠军队员服务的。

米穆知道，医生拒绝替自己按摩，无非就是因为自己不过是咖啡馆里的一名小跑堂罢了。但他并没有因此而泄气，他要鼓起勇气面对这一切，并用心投入到比赛中。

那天下午，米穆参加了对他来讲具有历史意义的 1 万米决赛，他为法国也为自己争夺到了第一枚世界银牌。然而，当时法国的体育报刊和新闻记者，在第二天早上便边打听边嚷嚷："那个跑了第二名的家伙是谁呀？啊，准是一个北非人。天气热，他就是因为天热而得到第二名的！"这令米穆感到十分心酸！

四年后，米穆又被选中代表法国去赫尔辛基参加第 15 届奥运会。在那里，他打破了 1 万米比赛纪录，并在 5000 米决赛中，再一次为法国赢得了一枚银牌。米穆终于成了奥运会冠军！

（佚名）

名人小档案

　　阿兰·米穆，法国当代著名长跑运动员、法国 1 万米长跑纪录创造者，曾先后获得过第十四届伦敦奥运会 1 万米赛亚军、第十五届赫尔辛基奥运会 5000 米亚军、第十六届墨尔本奥运会马拉松赛冠军，后来在法国国家体育学院执教。

但帕克坚持要多给油漆匠 100 元，帕克说："你也让我明白了，原来残疾人也可以自食其力，生活得很快乐。"

吹着口哨的油漆工

帕克因机器故障右眼被击伤，医生摘除了他的右眼球。帕克原本是一个十分乐观的人，现在却成了一个沉默寡言的人。他害怕上街，因为总是有那么多人看他的眼睛。

他的休假一次次被延长，妻子艾丽丝负担起了家庭的所有开支，她在晚上又兼了一个职。她很在乎这个家，她爱着自己的丈夫，想让全家过得和以前一样。艾丽丝认为丈夫心中的阴影总会消除的，只是时间问题。

但糟糕的是，帕克的另一只眼睛的视力也受到了影响。在一个阳光灿烂的早晨，帕克问妻子谁在院子里踢球时，艾丽丝惊讶地看着丈夫和正在踢球的儿子。以前，儿子即使到更远的地方，他也能看到。艾丽丝什么也没有说，只是走近丈夫，轻轻地抱住他的头。

帕克说："亲爱的，我知道以后会发生什么，我已经意识到了。"艾丽丝的泪就流下来了。

其实，艾丽丝早就知道这种后果，只是她怕丈夫受不了打击而要求医生不要告诉他。帕克知道自己要失明后，反而镇静多了，连艾丽丝也感到奇怪。

艾丽丝知道帕克能见到光明的日子已经不多了，她想为丈夫留下点

什么。她每天把自己和儿子打扮得漂漂亮亮，还经常去美容院。在帕克面前，她不论心里多么悲伤，总是努力微笑。

几个月后，帕克说："艾丽丝，我发现你新买的套裙那么旧了！"

艾丽丝说："是吗？"她躲到一个他看不到的角落，低声哭了。她那件套裙的颜色在太阳底下绚丽夺目。她想，还能为丈夫留下什么呢？

第二天，家里来了一个油漆匠，艾丽丝想把家具和墙壁粉刷一遍，让帕克的心中永远有一个新家。油漆匠工作很认真，一边干活还一边吹着口哨。一个星期后，所有的家具和墙壁刷好了，他也知道了帕克的情况。

油漆匠对帕克说："对不起，我干得很慢。"

帕克说："你天天那么开心，我也为此感到高兴。"

算工钱的时候，油漆匠少算了 100 元。

艾丽丝和帕克说："你少算了工钱。"

油漆匠说："我已经多拿了，一个等待失明的人还那么平静，你告诉了我什么叫勇气。"

但帕克坚持要多给油漆匠 100 元，帕克说："你也让我明白了，原来残疾人也可以自食其力，生活得很快乐。"

原来，油漆匠是个残疾人，他只有一只手！

（佚名）

美德馨语

每个人的一生中都会遇到各种各样的坎，这些坎牵绊着我们，让我们难以前行，假若这个时候你灰心丧气的话，你可能永远无法跨越这个坎。而实际上，人生并没有什么过不去的坎，只是你没有跨过去的勇气而已。就像帕克和油漆匠一样，他们都经历了不幸，可能在刚开始的时候都觉得人生灰暗无比，但是当他们满怀勇气地面对的时候，发现其实也没有什么大不了的，生活依然可以快快乐乐。

心灵成长感悟

★ 艾丽丝、帕克和油漆匠这些人身上都有什么你觉得特别可贵的地方？

★ 有人说，一个坚强的心灵比一个健康的身体更重要，你认同这个观点吗？

名人美德花园

诺贝尔：勇气与坚决的双手紧握着

1864年9月3日这天，寂静的斯德哥尔摩市郊，突然爆发出一声震耳欲聋的巨响，滚滚的浓烟雾时冲上天空，一股股火焰直往上蹿。当惊恐的人们赶到现场时，只见原来屹立在这里的一座工厂只剩下残垣断壁，火场旁边，站着一位30多岁的年轻人，突如其来的惨祸和过分的刺激，已使他面无血色，浑身不住地颤抖着……这个大难不死的青年，就是后来闻名于世的弗莱德·诺贝尔。诺贝尔眼睁睁地看着自己所创建的硝酸甘油炸药实验工厂化为了灰烬。人们从瓦砾中找出了五具尸体，四个是他的助手，而另一个是他在大学读书的弟弟。诺贝尔的母亲得知小儿子惨死的噩耗，悲恸欲绝；年迈的父亲因大受刺激而引起脑出血，从此半身瘫痪。然而，诺贝尔在失败面前却没有动摇。

事情发生后，警察局立即封锁了爆炸现场，并严禁诺贝尔重建自己的工厂。人们像躲避瘟神一样地避开他，再也没有人愿意出租土地让他进行如此危险的实验。但是，困境并没有使诺贝尔退缩，几天以后，人们发现在远离市区的马拉仑湖上，出现了一只巨大的平底驳船，驳船上并没有装什么货物，而是装满了各种设备，一个年轻人正全神贯注地进行实验。毋庸置疑，他就是在爆炸中死里逃生，被当地居民赶走了的诺贝尔！

无畏的勇气往往令死神也望而却步。在令人心惊胆战的实验里，诺贝尔持之以恒，他从没放弃过自己的梦想。

皇天不负有心人，诺贝尔终于发明出雷管。雷管的发明是爆炸学上的一项重大突破，随着当时许多欧洲国家工业化进程的加快，开矿山、修铁路、凿隧道、挖运河等都需要炸药。于是，人们又开始亲近诺贝尔了。他把实验室从船上搬迁到斯德哥尔摩附近的温尔维特，正式建立了第一座硝酸甘油工厂。接着，他又在德国的汉堡等地建立了炸药公司。一时间，诺贝尔研制的炸药成了抢手货，诺贝尔的财富与日俱增。

然而，初试成功的诺贝尔，好像总是与灾难相伴。不幸的消息接连不断地传来。在旧金山，运载炸药的火车因震荡发生爆炸，火车被炸得七零八落；德国一家著名工厂因搬运硝酸甘油时发生碰撞而爆炸，整个工厂和附近的民房变成了一片废墟；在巴拿马，一艘满载着硝酸甘油的轮船，在大西洋的航行途中，因颠簸引起爆炸，整个轮船葬身大海……

一连串骇人听闻的消息，再次使人们对诺贝尔望而生畏，甚至把他当成瘟神和灾星。随着消息的广泛传播，他甚至被全世界的人所诅咒。

诺贝尔又一次被人们抛弃了，不，应该说是全世界的人都把自己应该承担的那份灾难给了他一个人。面对接踵而至的灾难和困境，诺贝尔没有一蹶不振，他身上所具有的毅力和恒心，使他对已选定的目标义无反顾、毫不退缩。在奋斗的路上，他已经习惯了与死神朝夕相伴。大无畏的勇气和矢志不渝的恒心最终激发了他心中的潜能，他最终征服了炸药，吓退了死神。诺贝尔赢得了巨大的成功，他一生共获专利发明权355项。他用自己的巨额财富创立的诺贝尔奖，被国际学术界视为一种崇高的荣誉。

（佚名）

名人小档案

阿尔弗雷德·伯纳德·诺贝尔（1833—1896年），瑞典化学家、工程师、发明家、军工装备制造商和炸药的发明者。在他的遗嘱中，他利用他的巨大财富创立了诺贝尔奖，各种诺贝尔奖项均以他的名字命名。

禅师说:"我很遗憾,因为你只看到了表面的胜负。你有没有看到你儿子那种倒下去立刻又站起来的勇气和毅力呢?这才是真正的男子气概啊!"

站起来的力量

一位父亲很为他的孩子苦恼,因为他的儿子已经十五六岁了,却一点男子气概都没有。于是,父亲去拜访一位禅师,请他训练自己的孩子。

禅师说:"你把孩子留在我这里。3个月以后,我一定可以把他训练成真正的男人。不过,这3个月里,你不可以来看他。"

父亲同意了。

3个月后,父亲来接孩子。禅师安排孩子和一个空手道教练进行一场比赛,以展示这3个月的训练成果。

教练一出手,孩子便应声倒地。他站起来继续迎接挑战,但马上又被打倒,他就又站起来……就这样来来回回一共16次。

禅师问父亲:"你觉得你孩子的表现够不够男子气概?"

父亲说:"我简直羞愧死了!想不到我送他来这里受训3个月,看到的结果是他这么不经打,被人一打就倒。"

禅师说:"我为你感到遗憾,因为你只看到了表面的胜负。你有没有看到你儿子那种倒下去立刻又站起来的勇气和毅力呢?这才是真正的男子气概啊!"

(佚名)

美德馨语

真正的巨人并不是他从未倒下,而是他在每一次倒下之后又能迅速地、坚定地站起来,这才是真正的勇气。生活中从不失败的人根本不存在,但失败有时也是检验一个人品质的方式,因为有的人就此一跃飞天,有的人从此一蹶不振。这其中的差别就是勇气。

心灵成长感悟

★ 你认同禅师的观点吗?为什么?

★ 你是否观看过奥运会比赛？在看比赛的时候，我们通常关注的是冠军，但那些完成了比赛的人，是否也值得尊重呢？

⭐ 名人美德花园

小泽征尔：敢于坚持说"不"

在世界音乐指挥家大赛的决赛现场，一位日本选手按照评委会给他的乐谱在指挥演奏时，发现有一处不和谐的地方。他认为是乐队演奏错了，就停下来重新演奏，但仍不如意。日本选手向评委会提出自己的意见，认为是乐谱弄错了。

这时，在场的作曲家和评委会的权威人士都郑重地说明乐谱没有问题，而是他的错觉。面对着一批音乐大师和权威人士，日本选手却坚定地说："不，一定是乐谱错了！"话音刚落，评判台上立刻报以热烈的掌声。

原来，这是评委们精心设计的圈套，以此来检验指挥家们在发现乐谱错误并遭到权威人士"否定"的情况下，能否坚持自己的正确判断。前两位参赛者虽然也发现了问题，但终因屈服权威而遭淘汰。最后，日本选手在这次世界音乐指挥家大赛中摘取了桂冠。

他就是后来成为世界著名交响乐指挥家的小泽征尔。

（佚名）

名人小档案

小泽征尔，日本著名指挥家，生于中国沈阳，人们常将他与印度指挥家祖宾·梅塔和新加坡指挥家朱晖一起誉为"世界三大东方指挥家"。他对中国的音乐及音乐家十分欣赏和尊重，他曾指挥演出过琵琶协奏曲《草原小姐妹》、弦乐曲《二泉映月》和《白毛女》组曲等，他热情的指挥风格，强烈地感染着中国观众。

第七辑

谦虚，做一株饱满而低垂的稻穗

不可一世的大水泡恶狠狠地向小水泡杀将过去，然而，当它映着圆鼓鼓的肚子肆无忌惮地逼近小水泡，想要吞灭它的时候，由于肚子撑得太大，只听"嘭"的一声，它一下涨破了，变成了几滴小水珠融进了水里，没影了。

水泡的下场

一场大雨过后，池塘的水面上漂起了串串水泡。这些水泡在水面上漂浮嬉戏着，一不小心，它们就碰到一起，合成了新的大水泡。

其中一个大水泡在水里飘飘悠悠地晃着，俨然一副不可一世的架势。只见它向左一晃，吞并了身旁的一个小水泡，再向右一晃，又吞并了一个，这让它得意极了。当它一个个地吞噬同伴的同时，它的身体也一点点地膨胀着，于是它竟有些飘飘然了……

"哈哈哈，我太伟大了，我是世界之王！你们这些小不点都是我的臣民，如果谁敢冒犯我，我就将它吞噬……"它拉开嗓门对身边的其他水泡大叫道，如同"国王"在向自己的子民发号施令，真是盛气凌人得不得了。

小水泡们都看不下去了，其中一个小水泡好心警告它说："亲爱的朋友，不要太霸道了。如果你再这样骄横下去你，你最终会把自己毁掉的！"

"什么？你说我会把自己毁了？真是无稽之谈！你只是一个小不点儿，竟然还敢指责我！在这里，我是老大，你们都得听我的！"对小水泡的直言，大水泡感到很可笑，也很愤怒，"你竟敢对我如此不敬，我要把你吃掉，也让其他人看看反抗我的下场！"

不可一世的大水泡恶狠狠地向小水泡杀将过去，然而，当它映着圆

鼓鼓的肚子肆无忌惮地逼近小水泡，想要吞灭它的时候，由于肚子撑得太大，只听"嘭"的一声，它一下涨破了，变成了几滴小水珠融进了水里，没影了。

小水泡长叹一声，说："唉，好心相劝你不听，自己把自己毁了吧！"当然，那大言不惭的大水泡是再也听不到小水泡的话了，只有水在无声地向前流着……

（佚名）

美德馨语

达·芬奇曾经说过："微小的知识使人骄傲，丰富的知识则使人谦逊，所以空心的稻穗高傲地举头向天，而充实的稻穗则低头向着大地，向着它们的母亲。"谦虚使人清醒地认识到天外有天，人外有人，明白世界上的知识是无穷无尽的。骄傲自大的人无意中会在自己与外界之间树起一道无形的"城墙"，形成与外界的隔膜，使得他变得狭隘、自私、目中无人。

心灵成长感悟

★ 除了水泡之外，你还能想到什么是越大越危险的？

★ 如果耳边总是有人在不停地夸奖你的过人之处，你该怎样对待那些称赞的言语呢？

★ 你身边谁最谦虚呢？能不能讲一两个发生在他身上的故事来说明这一点？

名人美德花园

梅兰芳：在虚心求教中获得真知

1912年春天，梅兰芳收到上海大戏院老板的邀请，第一次离开北京，到上海演戏。那时候，北京的戏剧演员没有一个到上海能唱红的，梅兰芳当时还是一个没被上海观众认可的小字辈，就连这次邀请他们的老板，对他的表演估价也不高，因此梅兰芳的心里很不踏实，深感这次在上海的首场演出对他的前途至关重要。

在同行的一位老先生的一番鼓励下，梅兰芳镇定了很多，很快放下了思想包袱。化好妆后，他深深呼了口气，然后掀起台帘，走上台来。刚一亮相就引来台下一片满堂彩。看到台下的反应出乎意料得好，他心里也不慌张了，把自己的绝活一手一手露了出来，下面的喝彩声简直都快把屋顶掀开了。过后几天的演出，给上海观众耳目一新的感觉，就连原来对他还不大信任的剧场老板都折服了，他一定要梅兰芳唱压轴戏。

这天，戏园子里人山人海，连过道里都站满了人。梅兰芳上台了，刚走了几个过场，下面四处叫好。忽然，梅兰芳听见台下传来一个低沉的声音："不好！一点都不好！"梅兰芳定睛一看，见一个老者正坐在角落，年约六十开外，衣着朴素，正不住地摇头。周围的一些戏迷也听到老头的这几声，一齐回过头，恶狠狠地瞪了他几眼，还有一个人在哄："老头，你懂什么？别瞎喊！"梅兰芳心里却感到蹊跷："这是怎么回事，看来我肯定有没演好的地方……"他想归想，可手脚却丝毫不敢怠慢，但心里却再也提不起多大的兴致。

一下场，梅兰芳来不及卸妆更衣，忙叫人去把那位老者请来，没多大会儿，有人便把那老者领到后台。梅兰芳连忙起身让座，沏茶倒水，恭恭敬敬地递到老者面前，并小心翼翼地说："先生说我不好，我肯定有不好的地方，还请老人家赐教，我一定及时改正。"老者忙摆摆手，说："梅老板戏唱得没话说，我说得不好，不过是小小细节，刚才台下有对不起的地方，还请梅老板多多包涵。"说完，起身就走。

梅兰芳苦苦挽留，定要老者说个明白。老者见他执意要打破砂锅问到底，便向他细细解释起来，原来梅兰芳戏中演上楼和下楼的台步，按老规定，应该是上楼七步，而下楼是八步，而梅兰芳却走成了八上八下了。梅兰芳一听，恍然大悟，他一拍大腿说道："对！对！这是我的疏漏！"说完，纳头便拜，搞得老者连声惊叹。

第二年，梅兰芳又被上海戏院的老板热情邀请到了上海，共唱了34天，场面空前，受欢迎程度远远超过了上一次。

（节选自黄树芬《不耻下问的梅兰芳》）

名人小档案

梅兰芳（1894—1961年），出生于梨园世家，杰出的京剧艺术家、戏剧活动家，中国四大名旦之一。在长期的实践中，形成自己的艺术风格，世称"梅派"。代表戏京剧有《贵妃醉酒》、《霸王别姬》等；昆曲有《思凡》、《游园惊梦》等。

"知之为知之，不知为不知，是知也。"正视无知，这不仅是孔子，而且也是苏格拉底十分注重传授的道理。

最有智慧的人

在古雅典城里，有一座德尔斐神庙，供奉着雅典的主神阿波罗。相传那里的神谕非常灵验。当时的雅典人一遇到重大的或疑难的问题，便到神庙去求谶。

有一回，苏格拉底的一个朋友到神庙去求谶："神啊，有没有比苏格拉底更有智慧的人？"

得到的答复是："没有。"

苏格拉底听了，感到非常奇怪。他一向认为，世界这么大，自己知道的东西实在太少了。既然如此，神为什么说他是最有智慧的人呢？

为了弄清楚神谕的真意，他拜访了雅典城里许多以智慧著称的人，包括著名的政治家、学者、诗人和工艺大师。结果他失望地发现，尽管他们这些人的确具备某一方面的知识和才能，但却个个盛气凌人，自以为无所不知。

苏格拉底终于明白了，神谕的意思是：真正有智慧的人，不仅要具有丰富的学问、出众的才华和高超的技艺，而且更要懂得如何面对无限的世界。任何智者的学问、才华和技艺，都是沧海一粟，都是微不足道的。正因为自己懂得自己的无知，而那些自以为是的智者不懂得自己的无知，所以神谕才说他是最有智慧的人。

在苏格拉底领悟了神谕的含义之后，遇到了一个自以为聪明绝顶的年轻人。于是，苏格拉底便给年轻人出了一个问题："世间是先有蛋还是先有鸡？"

年轻人不假思索地回答："鸡是从蛋里孵出来的，自然是先有蛋啦！"

苏格拉底反问道："蛋是鸡下的，没有鸡，蛋从哪里来？"

年轻人想了想说："那还是先有鸡！"

"你刚才已经说过，鸡是由蛋孵出来的，没有蛋，鸡从哪儿来？"

年轻人抱怨地说："你怎么提出这样一个怪问题呢？现在我也问你这个同样的问题：你说是先有蛋还是先有鸡？快说吧！"

苏格拉底老老实实地回答说："我不知道。"

年轻人笑了："这样看来，你和我其实差不多啊！"

苏格拉底也笑了："不！你是以不知为知，我是以不知为不知。以不知为知，是无自知之明；以不知为不知，是有自知之明！"

（节选自蒋光宇《正视无知》）

美德馨语

"知之为知之，不知为不知，是知也。"意思是说，知道就是知道，不知道就是不知道，这才是真正的知道。有时候无知并不可怕，可怕的是不能正视和面对自己的无知，把无知当有知，把错误的当成正确的。

心灵成长感悟

★ 神说没有比苏格拉底更智慧的人，为什么？

★ 当你读完这个故事，是否能接受老师和家长们偶尔不能回答你的问题的事实？

名人美德花园

马歇尔：尊重中折射的谦恭之心

乔治·马歇尔是美国的一代名将，在第二次世界大战中，他作为美国陆军参谋长，对建立国际反法西斯统一战线作出了重要贡献。

鉴于马歇尔卓越功勋，1943 年，美国国会同意授予马歇尔美国历史上从未有过的最高军衔——陆军元帅。但马歇尔坚决反对，他的公开理由是如果称他"Fidd Marshal Marshall"（马歇尔元帅），后两字发音相同，听起来很别扭。其实真正的原因是这将使他的军衔高于当时已病倒的潘兴陆军四星上将。马歇尔认为潘兴才是美国当代最伟大的军人，自己又多次受到潘兴将军的提拔和力荐，马歇尔不愿使自己崇敬的老将军的地位和感情受到伤害。

第一次世界大战中，马歇尔随美军赴欧参战。当时的美国远征军司令潘兴非常欣赏马歇尔的才能，战争末期将他提拔为自己的副官，视为得意门生。后来潘兴虽然退役，仍然多次力荐马歇尔晋升。在潘兴的有力影响下，1939 年马歇尔领临时四星上将军衔出任美国陆军参谋长。

有一段小插曲足以说明马歇尔对潘兴的深厚感情。1938 年春，马歇尔前往医院探望潘兴。潘兴若有所思地说："乔治，总有一天你也会像我一样当上四星将军的。"马歇尔满怀感激地回答："美国只有您有资格获四星上将军衔，绝不可能再有另一个人！"听到马歇尔的肺腑之言，潘兴顿时热泪盈眶："谢谢你，乔治！"

马歇尔拒绝当元帅后，为了表示对他的敬意，美军从此不再设元帅军衔。1944 年底，马歇尔晋升五星上将——美军的最高军衔。

（佚名）

名人小档案

　　乔治·卡特利特·马歇尔（1880—1959 年），美国军事家、战略家、政治家、外交家，美国陆军五星上将。先后参加过第一、二次世界大战，为美国在第二次世界大战的胜利作出了不可磨灭的贡献。1947 年至 1949 年曾任美国国务卿，1950 年至 1951 年任国防部长，1953 年获得了诺贝尔和平奖。

你们的失误就在于你们心中的那份骄傲，你们有凭借的优势，认为有了优势便少了忧患，从而放松了警惕，以致最终优势反而变为了劣势。

骄傲的旅行者

三个旅行者早上出门时，一个旅行者带了一把伞，另一个旅行者拿了一根拐杖，第三个旅行者什么也没有拿。

晚上归来，拿伞的旅行者淋得浑身都湿透了，拿拐杖的旅行者跌得满身是伤，而第三个旅行者却安然无恙。于是，前两个旅行者很纳闷，问第三个旅行者："你怎么会没有事呢？"

第三个旅行者没有回答，而是问拿伞的旅行者："你为什么会淋湿而没有摔伤呢？"

拿伞的旅行者说："当大雨来到的时候，我因为有了伞，就大胆地在雨中走，却不知怎么淋湿了。当我走在泥泞坎坷的路上时，我没有拐杖，走得非常小心，专拣平稳的地方走，所以没有摔伤。"

然后，第三个旅行者又问拿拐杖的旅行者："你为什么没有淋湿而摔伤了呢？"

拿拐杖的旅行者说："当大雨来临的时候，我因为没有带雨伞，便拣能躲雨的地方走，所以没有淋湿。当我走在泥泞坎坷的路上时，我便用拐杖拄着走，却不知为什么常常跌跤。"

第三个旅行者听后笑笑说："这就是为什么你们拿伞的淋湿了，拿拐杖的跌伤了，而我却安然无恙的原因。当大雨来时我躲着走，当路不好时我小心地走，所以我没有淋湿也没有跌伤。你们的失误就在于你们心中的那份骄傲，你们凭借自己的优势，认为有了优势便少了忧患，从而放松了警惕，以致最终优势反而变为了劣势。"

（佚名）

美德馨语

骄傲是自己对自身在某特殊方面有卓越价值的确信。我们总是喜欢盯着自己的缺点和不足不放，时时紧张着自己会暴露缺点，然而，更多时候我们不是败在缺点或者短处上，而是错在对自己的优势的过分自信和依赖上。许多时候，优势也会变成劣势，成为我们前进路上的绊脚石。

心灵成长感悟

★ "自古英雄多磨难，从来纨绔少伟男。"请用这个故事的道理来理解这句话？

★ 说出你的劣势，看看它们在什么情况下会变成优势？

★ 相对于班上的其他同学，你觉得自己具有哪些优势呢？你是怎么看待它们的呢？

名人美德花园

林肯：谦和是一种宽阔的胸襟

在美国第 16 任总统林肯的故居里，挂着他的两张画像，一张有胡子，一张没有胡子。在画像旁边的墙上贴着一张纸，上面歪歪扭扭地写着：

亲爱的先生：

我是一个 11 岁的小女孩，非常希望您能当选美国总统，因此请您不要见怪我给您这样一位伟人写这封信。如果您有一个和我一样的女儿，就请您代我向她问好。要是您不能给我回信，就请她给我写吧。我有四个哥哥，他们中有两人已决定投您的票。如果您能把胡子留起来，我就能让另外两个哥哥也选您。您的脸太瘦了，如果留起胡子就会更好看。所有女人都喜欢胡子，那时她们也会让她们的丈夫投您的票。这样，您一定会当选总统。

格雷西

1860 年 10 月 15 日

在收到小格雷西的信后，林肯立即回了一封信。

我亲爱的小妹妹：

收到你 15 日的来信，非常高兴。我很难过，因为我没有女儿。我有三个儿子，一个 17 岁，一个 9 岁，一个 7 岁。我的家庭就是由他们和他们的妈妈组成的。关于胡子，我从来没有留过，如果我从现在起留胡子，你认为人们会不会觉得有点可笑？

忠实地祝愿你！

亚·林肯

第二年 2 月，已当选美国总统的林肯在前往白宫就职途中，特地在小女孩所住的城市韦斯特菲尔德车站停了下来。

他对欢迎的人群说，"这里有我的一个小朋友。我的胡子就是为她留的。如果她在这儿，我要和她谈谈。她叫格雷西。"这时，小格雷西跑到林肯面前，林肯把她抱了起来，亲吻她的面颊。小格雷西高兴地抚摸他的又浓又密的胡子。林肯对她笑着说："你看，我让它为你长出来了。"

俗话说："一个人真正伟大与否，要看他对待小人物的态度。"事实上，伟大的生活基本原则就包含在最普通的日常生活中，谦和地对待一切人和事，是伟大胸襟的反映。

（佚名）

名人小档案

亚伯拉罕·林肯（1809—1865 年），政治家，第 16 任美国总统，与乔治·华盛顿、富兰克林·罗斯福公认为美国历史上最伟大的三位总统。他领导了美国南北战争，颁布了《解放黑人奴隶宣言》，维护了美联邦统一，为美国在 19 世纪跃居世界头号工业强国开辟了道路，使美国进入经济发展的黄金时代，被称为"伟大的解放者"。

可是那只偷箫的猴子不服气，它拿过箫，朝着火堆拨弄了几下，立即高兴地跳了起来："怎么能说没有用处呢？可以当拨火棍啊！"

自作聪明的猴子

有一只猴子，一天，它钻进山上守林人的木屋里，偷了一点儿点心之类的干粮，临出门还顺手摘下挂在床头的一管箫。

群猴分享了干粮，坐在火堆边把食物三口两口就吃光了，又把那管箫拿出来反复研究，轮番把玩……

谁也不知道这玩意儿是什么东西。

一只小猴子拿过来闻了闻，没有闻出什么增加食欲的香味，皱着眉头，摇了摇头；一只大猴子拿过来对着箫管瞄了瞄，没有看出什么隐藏机关的秘密，也跟着摇了摇头；一只老猴子接过来，使劲对着箫管咬了一口，可是这家伙硬邦邦的，一点也咬不动……

老猴子发话了："我知道了，人类有一个不良的习惯，那就是喜欢拿一些没有用的东西来当摆设，附庸风雅。可以肯定，这东西无疑是人们用来摆设的废物。"

老猴子一锤定音。既然是废物，群猴们除了嘲笑那只偷箫的猴子之外，一致同意将它扔掉。

可是那只偷箫的猴子不服气，它拿过箫，朝着火堆拨弄了几下，立

即高兴地跳了起来："怎么能说没有用处呢？可以当拨火棍啊！"

经过猴子拨弄的火堆又燃起了旺盛的火苗。

这时，旁边一只大猴子接过箫，看了看说："你也笨到家了，这东西中间是空的，还可以做吹火筒呢！"说罢它鼓起腮帮子连吹了几下，箫管发出了莫名其妙的声响，而这一吹，火堆里的火苗真的又旺盛了一些。

于是，众猴子接过箫，当做吹火筒，轮番吹了起来。大家兴高采烈，轮番把玩，其乐融融。

老猴子最后把箫接过来，下了结论："我们猴子真是聪明绝顶，人类拿来当摆设的东西，我们竟然能想到拿来当拨火棍和吹火筒，真是不简单！听说人类有个进化论，说人类是从猴子进化来的。错！应该说，猴子是从人类进化来的。不然，我们怎么会比人类聪明呢？"

（佚名）

美德馨语

猴子们把箫当做拨火棍和吹火筒，实属自作聪明，不懂装懂。我们生活中也不乏这样的人。我们每个人的知识和能力都是有限的，都有自己的缺点和弱项，遇到自己不熟悉、不明白的事情是很正常的。所以，千万不要不懂装懂，总以为自己是天才，别人是庸人。这样不仅会把事情办砸，还要落一个没有自知之明的笑柄。

心灵成长感悟

★ 读到最后，你笑了吗？你为什么觉得好笑？

★ 人类有时候总是拿动物来写讽刺的文章，然而动物们的世界我们未必真的理解。从这一点来说，你是否觉得我们人类也在做和上面故事里的猴子一样的事情？

名人美德花园

柳公权：谦虚才能达到更高境界

柳公权自幼聪明好学，特别喜欢写字，到了十四五岁便能写出一手好字，经常受到老师的表扬。日子久了，他心里美滋滋的，不知不觉就骄傲起来，以为天下"唯我独尊"了。

有一天他和几个伙伴玩耍，玩什么好呢？这个说捉迷藏，那个说摔跤，柳公权说："不行，不行，咱们还是比比谁的字写得好吧！"

于是大家只好同意，便在大树下摆了一张方桌，比了起来。

柳公权很快写好了，心想：我肯定是第一了，谁能比得过我？心里这样想着，脸上也显露出洋洋得意的神情，这时，从东面走过来一位卖豆腐的老汉，这老汉早看出了柳公权的傲气，决定给他泼点儿冷水。他说："让我看看。"

老汉把大家写的字挨个看了一遍说："你们的字写得都不怎么样。"

这对柳公权来说，真如晴天打了个响雷，他长这么大还从未有人说过他的字不好呢，他便追问："我的字到底怎么样？"

"也不好。你的字就像我担子里的豆腐，软塌塌的，没筋没骨的。"老汉说。

柳公权一听老汉的评价，马上不服气地说："我的字不好，那么请你写几个让我瞧瞧！"

老汉笑道："我一个卖豆腐的，你跟我比有什么出息。城里有一个用脚写字的人，比你用手写的强几倍呢，如果不服气，你去瞧瞧吧。"

第二天，柳公权带着满肚委屈和狐疑进城了。到了城里一打听就找到了。就在前面不远的一棵大树上，挂着一块白布，上面有三个大字：字画汤。树底下，许多人正围在一起低头瞧着地下。

柳公权急忙跑过去一看，确实是一位已失去双臂的老人，正坐在地上用脚写字呢。只见地上铺着纸，他用左脚压着一边，用右脚的大拇指和二拇指夹住毛笔，运转脚腕，一行遒劲的大字便出现在人们的眼前。

众人一阵喝彩："好，好！"

柳公权都看呆了，真是不看不知道，山外有山，天外有天啊！自己有完整的手臂，还赶不上人家用脚写的，更有甚者，自己还骄傲自满，自以为天下第一了，实在惭愧。

想到这里，柳公权来到无臂老人面前，双膝跪倒，说道："先生，请受徒儿一拜，请您教我写字吧。"

无臂老人推辞道："我一个残废人，能教你什么，只是混口饭吃罢了。"

柳公权说："请您不要推辞了，您不收下我，我就不起来！"

老者见柳公权言辞恳切，心里一动，说道："你要实在想学，那么你就照着这首诗练下去吧。"

说罢，老人又用脚铺开一张纸，挥毫写下一首诗：写尽八缸水，墨染涝池黑，博取众家长，始得龙凤飞。

这首诗是无臂老人一生练字的真实写照。那意思是说老人练字，用尽了八缸水，染黑了涝池水，博取众家之长，虚心学习，才有今天这苍劲有力的龙飞凤舞。

柳公权是个聪明人，早已领略了这诗中的寓意，他不但懂得了写字必须勤写勤练，虚心学习，更懂得了做人亦不能恃才傲物，否则将一事无成。

他怀着不可名状的感激之情，接过了老人的诗，急切又羞愧地回到了家。自这之后，他从不在人前炫耀自己，每日里挥毫泼墨，练笔不止，悉心研究揣摩名人字帖，最后终于练成流传千古的"柳体"。

（佚名）

名人小档案

柳公权（778—865年），唐朝大书法家，是颜真卿的后继者，后世以"颜柳"并称，成为历代书法楷模。但他的楷书，较之颜体，则稍均匀瘦硬，故有"颜筋柳骨"之称。

做人则要脚踏实地，无论取得多大成绩，尾巴也不能翘到天上，无论地位多么显赫，也不能凌驾于他人之上，否则就会失去民心，失去做人的本分，终将倾覆于众人的汪洋大海之中。

砍断桅杆做人

他出生在渔民家庭，世世代代以出海打鱼为生。或者是家庭的熏陶，或者是男孩的天性，他从小就喜欢海，在海边拾贝壳，在海里戏水。他几次请求爷爷带他出海打鱼，可爷爷总是以他还小为借口拒绝。他懂得爷爷的心思，爷爷是怕他这根独苗发生意外。

他长大了，参加工作了，并且要远离家乡，到一个看不见海的地方。在等待行期的日子里，爷爷决定带他出一次海，一来了却他一向的心愿，二来让他去大海深处见识见识大海的博大，开阔他的心胸，或许对他的人生会有益处。

他非常兴奋，跟着爷爷跑前跑后，做好所有准备工作之后，在一个风和日丽的日子扬帆出海。

大海深处，爷爷教他如何使舵，如何下网，如何根据海水颜色的变化辨识鱼群。可是天有不测风云，刚刚还晴空万里，风平浪静，突然间就狂风大作，巨浪滔天，几乎要把渔船掀翻，连爷爷这个老水手都措手不及，吃力地掌着舵，同时以命令的口气大喊："快拿斧头把桅杆砍断，快！"他不敢怠慢，用尽力气砍断了桅杆。

没有桅杆的小船在海上漂着，直漂到大海重新恢复平静，祖孙俩才用手摇着橹返航。

途中，由于没有桅杆，无法升帆，船前进缓慢。他问爷爷："为什么要砍断桅杆？"爷爷说："帆船前进靠帆，升帆靠桅杆，桅杆是帆船前进动力的支柱。但是，由于高高竖立的桅杆使船的重心上移，削弱了船的稳定性，一旦遭遇风暴，就有倾覆的危险，桅杆又成了灾难的祸端。所以，砍断桅杆是为了降低重心，保持稳定，保住人的生命，生命才是最重要的。"

行期到了，虽然离开了爷爷，但他把爷爷的话记在了心里，那次历险也在他心里扎下了根。

他的工作非常出色，得到了大家的认可，一再升迁。他说："做事就像扬帆出海，必须高起点、高标准、高效率，就像高高的桅杆上鼓满风帆一样；做人则要脚踏实地，无论取得多大成绩，尾巴也不能翘到天上，无论地位多么显赫，也不能凌驾于他人之上，否则就会失去民心，失去做人的本分，终将倾覆于众人的汪洋大海之中。高调做事，低调做人，每当春风得意之时，我总会想起那砍断的桅杆。"

（佚名）

美德馨语

谦虚是一个人的最好的名片，谦虚的人永远不会因为自己的低调沉默而被世界遗忘。只有谦虚做人，才会赢得别人的尊重。那些自以为是处处高调宣传自己的人，并不一定有什么真本事。而一个人真正取得成就的时候，即是什么也不说，也会赢得他人的尊重。

心灵成长感悟

★ 桅杆在风平浪静时是重要的工具，在狂风大作时却是致命的要害。对于这一点，除了明白要谦虚做人之外，你还想到哪些哲理？

★ 看看历史上或者身边那些备受尊敬的人，除了谦虚，他们还有哪些值得你学习的优良品质？

名人美德花园

卫青：谦和赢得真实的高度

西汉武帝时，卫青因姐姐卫子夫受宠于汉武帝，被任命为大将军，封长平侯，率大兵攻打匈奴。

右将军苏建在与匈奴作战中全军覆没，单身逃回，按军律当斩。

卫青问长史、议郎等属官："苏建应当如何处置？"

议郎周霸说："大将军出兵以来，从未斩过一名偏将小校，如今苏建弃军逃回，正可斩苏建的头，来立大将军之威。"

卫青说："我因是皇上的亲戚而带兵出塞，并不怕立不起军法的威严，你劝说我杀人立威，就失去了做臣子的本分。我的权限虽可以斩杀大将，然而我把专杀大将的权力还给皇上，让皇上来决定是否诛杀，来显示我虽在境外，受皇上宠爱，却不敢专权杀将，这不是更好吗？”

属官们都钦佩地说："大将军高见，属下等万万不及。"

卫青便派人把苏建押回长安，汉武帝怜惜其才，并未杀他，因此对卫青的处置大为满意。

苏建后来又跟随卫青出塞攻打匈奴，他劝卫青说："大将军的地位是至尊至重了，可是天下的贤士名人却没人夸赞传扬您的威名。古时的名将都向朝廷推荐贤良才能之士，自己的名声也传遍四海，希望大将军能学习古时名将的做法。"

卫青摇头说："你只知其一，不知其二。以前武安侯田蚡、魏其侯窦婴各自招揽宾客，结成朋党，以颂扬自己的名声，皇上常常恨得咬牙切齿。亲近贤士名人，进用贤良贬黜不肖，这都是皇上的权柄，我们做臣子的，只知道遵守国法，履行自己的职责而已。"

汉武帝特别宠爱卫青，谕令群臣见到卫青都要行跪拜礼，以显示大将军的尊贵。群臣都不敢抗旨，见到卫青无不匍匐礼拜，只有主爵都尉汲黯见到卫青，依然行平揖礼，有人好意劝汲黯："对大将军行跪拜礼是皇上的意思，您这样做不怕皇上恼怒吗？"

汲黯昂然道："跪拜大将军的多了，多我一个不多，少我一个不少。难道说大将军有一个平礼相交的朋友，就不尊贵了吗？"

卫青听说后，非常高兴，登门拜访汲黯，谦虚地说："久仰大人威名，一直没有机会和大人结交，现在有幸承蒙大人看得起，请把我当做您的朋友吧。"

汲黯见他态度诚恳，不以富贵骄人，便破例地交了这个朋友。卫青以后凡有疑难问题，都虚心向汲黯请教。

汉武帝也很欣赏卫青的谦逊，也就不计较汲黯的抗礼了，对卫青的也始终信赖有力。

（佚名）

名人小档案

卫青（公元前？—公元前106年），汉武帝时期抗击匈奴的主要将领，与霍去病的舅甥二者并称"帝国双璧"。卫青开启了汉对匈战争的新篇章，七战七捷，无一败绩，为历代兵家所敬仰。他从不结党干预政事，对士卒体恤较多，威信很高。

第八辑
天空属于自强不息的翅膀

　　三头狮子的区别在于第三头狮子有永不服输的心。因为它在失败时不气馁，它有一颗凌驾于困难之上的心，只有它配称狮王，也只有它配做百兽之王。

森 林 之 王

　　森林里有三头凶猛的狮子。一天，由林中动物选出的代表猴子召集大家在一起开会，它要求大家做出一项决定："我们都知道狮子是百兽之王，但是我们森林里有三头狮子，三头狮子都非常凶猛，我们应该服从哪头狮子，拜谁为王呢？"

　　这三头狮子也知道动物在开会，于是它们在一起商议："其他动物难以裁决是有道理的，因为这里不能同时有三个林中之王。我们三个也不想拼个你死我活，因为我们是朋友，我们该怎么办呢？"

　　动物们在激烈讨论之后做出决定并通知了这三头狮子："我们找到了一个非常简单的办法，那就是你们三个比赛爬山，第一个登上山顶者为王。"

　　全体动物都观看了这场爬山比赛。第一头狮子往上爬，爬到一半就下山了；第二头狮子往上爬，爬到一半也下山了；第三头狮子拼命往上爬，但是山实在太高了，尽管它用尽全力，也没能登上山顶。

　　于是，动物们一筹莫展了，议论纷纷，到底该选哪只狮子当王呢？这时一只经验丰富的老鹰说："我知道应该拜谁为王。"顿时，山上鸦雀无声，大家都安静下来，用期待的眼光看着老鹰。

　　老鹰说："狮子爬山时，我在天上飞翔，听到了它们对大山说的话。第一头狮子说：'大山，你赢了。'第二头狮子也说：'大山，你赢了。'只有第三头狮子说：'大山，你现在暂时赢了，但是你已经不能再长高了，而我还要继续成长，等过一段时间，我一定会征服你的。'"

　　老鹰最后说："三头狮子的区别在于第三头狮子有永不服输的心。因为它在失败时不气馁，它有一颗凌驾于困难之上的心，只有它配称狮王，也只有它配做百兽之王。"

　　在动物们的欢呼声中，第三头狮子被拜为森林之王。

（佚名）

美德馨语

　　永不服输的信念是一种自我的肯定，只有不断地战胜困难，我们的生命才会充满乐趣。真正的强者不会惧怕困难，更不会被困难压倒，即使暂时战胜不了，也不气馁，他会积蓄力量，等待时机，重新出发，永远都不会自我终结在前进的道路上。

心灵成长感悟

　　★　你觉得老鹰的评价标准正确吗？
　　★　当你遇到困难的时候，你是怎么做的？你会轻易服输吗？
　　★　常言道：愿赌服输，你又是怎么看待的？

名人美德花园

亨利·布拉格：自强不息终能改变命运

　　诺贝尔物理学奖获得者亨利·布拉格虽然家庭生活极为贫困，但是在父亲的支持下，他始终没有放弃读书。布拉格学习非常刻苦，他懂得，只有努力学习，在考试时取得优异的成绩，才能对得起父母的辛勤劳作以及厚望。正是凭借着优秀的成绩，布拉格才在小学毕业之后被保送到威廉皇家学院读书。

　　威廉皇家学院是英国一座很有名气的学府，在这里读书的大部分人都是富贵人家的子弟，因而他们的穿着打扮都很时髦。与这些富家子弟相比，布拉格的打扮就显得极为寒酸了。尤其是他脚底下穿的那双破旧的皮鞋，在校园里更是引人注目。对于瘦小的他来说，那双鞋子穿在他脚上显得极不合适，明显是太大了，因为这本是他父亲穿的鞋子，父亲没钱给他买新鞋，只好把自己的鞋子送给了儿子。同学们见他这一身打扮，都对他投去鄙夷的目光，他们甚至像躲避瘟疫一样地躲避着他。有的坏学生还向校长打报告，诬陷布拉格偷了别人的东西。校长听到此事以后，就把他叫到了办公室。

　　一见到布拉格进来，校长就非常严厉地问道："布拉格，现在有人说你拿了其他同学的东西，是不是有这回事?"一听到校长问出这样的话，布拉格心里马上明白了怎么回事。但是他什么也没说，而是强忍着一肚子的委屈和怨气，把爸爸写给他的一封信递给了校长。校长打开信，只见上面写道:"亲爱的儿子，很抱歉，让你穿着爸爸的鞋子去上学，我知道你会受到他人的嘲笑。但我相信，你是一个自强的好孩子，你不会因此而感到耻辱。你会努力去学习知识，等到你有了成就的那一天，你就会为曾穿过这样一双鞋子而感到骄傲和自豪的……"

校长读完这封信，不由得深受感动，他拍着布拉格的肩膀，用道歉的语气说道:"布拉格，是我误会你了，我相信你会记住你爸爸的话的，做个自强的好孩子。"

从那以后，布拉格依旧穿着爸爸那双旧皮鞋，但是他学习的时候却比以前更加努力了。由于他成绩优异，后来又被保送到剑桥大学去深造。经过不懈的努力，布拉格在二十四岁那年就当上了大学教授，并最终成了一名举世闻名的物理学家。

(佚名)

名人小档案

威廉·亨利·布拉格（1862—1942 年），英国物理学家，现代固体物理学的奠基人之一。1915 年获得诺贝尔物理学奖。1912 年和儿子一起开始研究 X 射线，并提出晶体衍射理论，建立了"布拉格公式"。一生共获得了 16 种荣誉博士学位，他的名字和现代结晶学联系在一起。

岩石高兴地说："孩子，你真不错！你是倔强的，是值得我们骄傲的！"它用自己风化了的尘泥，把小草的根拥抱得更紧。

裂缝中的生命

岩石长年累月地经受风侵雨蚀，裂开了一道缝。

一粒草的种子落到岩缝里来。

岩石说："孩子，你怎么到这儿来了？我们太贫瘠了，养不活你啊！"

种子说："岩石妈妈，别担心，我会长得很好的。"

经过阵阵春雨的滋润，种子从岩缝里冒出了嫩芽。

阳光爱抚地照耀着它，春风柔和地轻拂着它，雨露更不断地给这不平凡的幼芽以最慈爱的关怀和哺育。

小草渐渐长大了，长得很健康、很结实。

岩石高兴地说："孩子，你真不错！你是倔强的，是值得我们骄傲的！"它用自己风化了的尘泥，把小草的根拥抱得更紧。

一个诗人走过，看见了从岩缝里长出来的小草，不禁欣喜地吟咏道："啊！小草的生命多么顽强，我要千百遍地赞美它。"

小草谦逊地说："值得赞美的不是我，而是阳光和雨露，还有紧抱着我的根的岩石妈妈。"

（佚名）

美德馨语

命运是强势的，然而，改变命运的主动权依旧掌握在强者的手中，这是精神上的强者，即使生命被抛落在狭窄的裂隙中，强者也绝不会抱怨，而是顽强抗争，在命运的夹缝中高昂着他高贵的头颅。

心灵成长感悟

★ 你觉得小草值得表扬吗？如果你要给它颁发一个奖，你是选择"最佳风范奖"、"斯巴达勇士奖"还是"地球生命奖"？或者你自己起一个更准确的奖名。

★ 当父母出差或者由于别的原因有几天不在家时，你能自己独立生活吗？

名人美德花园

希尔顿：屈辱下盛开的成功之花

世界著名的希尔顿大饭店集团的创始人希尔顿年幼时，正好遇到美国历史上百年难遇的经济大恐慌。身为孤儿的希尔顿只好四处流浪、乞讨，晚上则随便找一个地方过夜。

有一次，连着几个晚上，他都蜷缩在一间大饭店门廊的角落躲避风雪。

一天半夜，睡梦中的希尔顿被饭店的保安抬了起来，毫不客气地丢到外面的雪地上。希尔顿从睡梦中惊醒，气急败坏地质问门童："我睡觉碍着你们什么事了，为什么把我丢到雪地里？"

门童答道："明天一早，我们饭店集团的董事长将要光临饭店。经理认为，你们这些流浪汉躺在门廊边有碍观瞻，还可能会引起董事长的指责，所以要请你们到别的地方去！"

"董事长也是人，我难道就不是人？在这么冷的夜里，就让我在门廊下睡一晚，明天再赶我走也不迟呀。"希尔顿据理力争。

"饭店经理交代的，我们不过是依命行事。"门童趾高气扬地回答。

　　"你们给我听着，"希尔顿咬牙握拳，大声吼道，"总有一天，我要开一家比你们饭店更大、更豪华的酒店！"

　　从此之后，希尔顿牢记着在雪地中所受的屈辱，克勤克俭，发愤图强，终于一手创建了第一家"希尔顿大饭店"。现在，希尔顿大饭店几乎遍布世界各地。

（佚名）

名人小档案

　　希尔顿（1887—1979年），美国旅馆业巨头，人称旅店帝王，是曾控制美国经济的十大财阀之一。希尔顿经营旅馆业的座右铭是："你今天对客人微笑了吗？"如今，希尔顿的"旅店帝国"已伸延到全世界。

但就在打柴人转身的瞬间，兀鹰突然拔身冲起，在空中把身子向后拉得远远的，以便获得更大的冲力，如同一根标枪般，把它的嘴向村夫的喉头，深深插入。

坐等获救的村夫

一个村夫独自去山上，遭到一只秃鹰的袭击。秃鹰猛烈地啄着村夫的双脚，将他的鞋子和袜子撕成碎片后，便狠狠地啃起村夫的双脚。

这时有一位打柴人经过，看见村夫如此鲜血淋漓地忍受痛苦，不禁驻足问他："为什么要受秃鹰啄食呢？"

村夫回答："实在没有办法啊。这只秃鹰刚开始袭击我的时候，我曾经试图赶走它，但是它太顽强了，为了防止它抓伤我的脸颊，因此我宁愿牺牲双脚。我的脚差不多被撕成碎屑了，真可怕！"

打柴人说："你只要一枪就可以结束它的生命呀。"

村夫听了，尖声叫嚷："真的吗？那么你助我一臂之力，好吗？"

打柴人回答："我很乐意，可是我得去拿枪，你还能支撑一会儿吗？"

在剧痛中呻吟的村夫，强忍着撕扯的痛苦说："无论如何，我会忍下去的。"

于是打柴人飞快地跑去拿枪。但就在打柴人转身的瞬间，兀鹰突然拔身冲起，在空中把身子向后拉得远远的，以便获得更大的冲力，如同一根标枪般，把它的嘴向村夫的喉头深深插入。

（佚名）

美德馨语

面对挫折，只有自强者才能战胜困难、超越自我。而如果一味地想着等待别人来帮忙，只能落得失败的下场。遭遇不顺利的事情时，坐等他人的帮助是一种极其愚蠢的做法，只有靠自己的努力才能解决问题，记住：可以依赖的人只有自己！

心灵成长感悟

★ 命悬一线的村夫把拯救自己的希望寄托于他人，他除了愚蠢还具有哪些致命的弱点呢？

　★　你能独立自主地完成老师布置的作业吗？要是遇到不知道的题目，你该怎么办呢？

　★　你的房间是谁收拾的？你会为爸爸妈妈做一些力所能及的事吗？

名人美德花园

小仲马：只靠自己获取成功

有一天，大仲马得知自己的儿子小仲马寄出的稿子接连碰壁，便对小仲马说："如果你在寄稿时，随稿给编辑附一封短信，说'我是大仲马的儿子'，或许情况就好多了。"小仲马却倔强地说："不，我不想坐在你的肩头上摘苹果，那样摘来的苹果没味道。"年轻的小仲马不露声色地给自己取了十几个其他笔名，以避免编辑把他和大名鼎鼎的父亲联想在一起。

面对一张张冷酷无情的退稿笺，小仲马没有沮丧，仍在屡败屡战中坚持创作自己的作品。他的长篇小说《茶花女》寄出后，终于以其绝妙的构思和精彩的文笔震撼了一位资深的编辑。这位编辑和大仲马有着多年的书信来往，他看到寄稿人的地址同大仲马的地址丝毫不差，便怀疑是大仲马另取的笔名。但这位编辑又发现这篇作品的风格却和大仲马的迥然不同，于是这位编辑带着兴奋和疑问，迫不及待地乘车造访大仲马家。

当他问及大仲马这篇作品时，大仲马也一头雾水，但随即大仲马便明白了——那是小仲马的作品。当大仲马把实情告诉那位编辑时，这位编辑大吃一惊，他没有想到《茶花女》这部伟大的作品，作者竟是名不见经传的小仲马。

"您为何不在稿子上署上您的真实姓名呢？"编辑疑惑地问小仲马。

小仲马说："我只想拥有真实的高度。"这位编辑对小仲马的做法赞叹不已。

《茶花女》出版后，法国文坛评论家一致认为，这部作品的价值远远超过了大仲马的代表作《基督山伯爵》。小仲马终于靠自己的力量登上了文坛高峰。

（佚名）

名人小档案

　　亚历山大·小仲马（1824—1895年），法国著名的戏剧家、小说家。著名小说家大仲马之子，受父亲影响，他也热爱文学创作，并且和父亲一样勤奋，成为法国戏剧由浪漫主义向现实主义过渡期间的重要作家。他的代表作有小说《茶花女》，戏剧《半上流社会》、《金钱问题》、《私生子》等。其中《茶花女》是他的成名作。

我对自己说：我应该坚持，我在心中一秒、一秒地数着，就在刹那之间，我感觉到泪水来了，这是我救命的圣水，很快把灰尘冲了出来。

救命的圣水

一位技艺高超的演员准备给观众带来一场没有保险带的表演，而且钢丝的高度是 16 米。海报贴出后，立即引来了大批观众。他们都想知道这位演员如何在没有保护措施的情况下，从容自如地在细细的钢丝上完成一系列的高难度动作。

演出那天，观众坐满了整个表演场。他一出场，就引来全场观众热烈的掌声。他开始走向钢丝，钢丝微微抖着，但他的身体像一块磁石一样黏在钢丝上。一米、二米……抬脚、转身、倒走……动作如行云流水。助手站在钢丝的一端紧张而又欣赏地看着他，暗暗为他加油。

突然，他停止了表演，停止了所有动作。刚才还兴奋的观众马上被他的动作吸引住了，认为他有更为惊险的动作，整个表演场地马上平静下来。但助手觉得这极不正常，马上意识到他可能遇上了麻烦。钢丝越来越抖，他竭力平衡自己的身体，助手的额头也渗出了细密的冷汗。经验丰富的助手知道此刻不能向他问话，否则会使他分心，导致难以想象的后果。

时间一秒一秒地过去了，突然他开始向钢丝另一头走了一步，然后

动作又恢复了正常。他很快完成了表演，从云梯上回到地面，人们发现他的眼睛血红，好像还有泪痕，演员们全都围了过来。他在找他的助手，助手从远处跑来，他一把抱住了助手说："兄弟，谢谢你。亲爱的兄弟，这是魔鬼的恶作剧，一阵微风，吹下了屋顶的灰尘，掉入了我的眼睛，我在 16 米高空中'失明'了。我对自己说：我应该坚持，我在心中一秒、一秒地数着，就在刹那之间，我感觉到泪水来了，这是我救命的圣水，很快把灰尘冲了出来。但是，如果你那时候唤我一声，我肯定会分心或者依赖你，但这样做谁都不知道后果是什么。"

（节选自王文华《求助自己》）

美德馨语

生活不是一帆风顺的，难免会碰到各种各样的挫折和磨难。不管生活中发生了何种变故，我们都不应该急躁，要给自己留点儿时间思考，先让剧烈跳动的心脏平静下来，然后让阅历和经验做主，依靠自己的自信和坚定，实现命运的转机。

心灵成长感悟

★ 如果当时助手呼唤了一下表演者，你觉得后果有可能是怎样的？

★ 从表演者的身上你学到了什么？

★ 如果你在以后遇到了困难，你能够冷静思考，努力依靠自己的力量来克服吗？

名人美德花园

司马迁：在逆境中磨砺生命的刀锋

青年时期的司马迁怀揣老父亲的遗愿——写出一部叙述古今兴衰成败的史书，游历名山大川，广泛搜集史料。正当一切准备就绪，司马迁正要着手著述《史记》的时候，一场大祸从天而降。由于他执意为投降匈奴的大将李陵求情，致使汉武帝大怒，降罪于司马迁，并处以宫刑！

宫刑作为中国古代的五刑之一，虽然不至于危及生命，但却是刑罚中最卑贱的一种，是比死还要可怕的奇耻大辱。此时，司马迁精神上承受的巨大痛苦，远远超过肉体。屈辱和悲愤深深地折磨着他，他甚至不愿再活下去了。但他总觉得有什么东西在撞击着心灵，使他有难以割舍之感。是什么呢？那就是父亲的遗愿，也是他毕生的追求——《史记》。司马迁感到《史记》已酝酿成熟，正躁动于心中，为了这部亘古未有的宏伟之作，他不能死！

司马迁从生死的徘徊中渐渐地解脱出来，他毅然抛开了自杀的念头，决心"隐忍苟活"，完成已经开始的著书大业。他的"苟且偷生"招致了许多轻蔑、讥讽的目光，每每想到这种耻辱，司马迁只有把无限的愤懑和痛苦贯注到笔端，夜以继日，勤奋著书。

大约在公元前 90 年，辉煌的巨著《太史公书》（即《史记》），终于完成了。这时，司马迁已年近 60 岁了。他写作《史记》，从公元前 108 年任太史令算起，前后近二十年。如果把他 20 岁开始的实地采访以及后来的删订、修改时间加在一起，足有 40 年之久，耗费了他毕生的心血。

司马迁正是依靠一种常人难以想象的自强不息的精神，了却毕生夙愿，为中国留下了一笔宝贵的文化遗产。

（佚名）

名人小档案

司马迁（公元前 145—公元前 87 年），西汉时期伟大的史学家、思想家、文学家，著有《史记》，记载了上自中国上古传说中的黄帝时代，下至汉武帝太初四年（公元前 100 年），共 3000 多年的历史。鲁迅称赞《史记》是"史家之绝唱，无韵之离骚"。

任何一件事情再感人至极，也不会感动大自然。但是每个人都应该有这样的想法：努力去做，说不准真的会感动天地！

震动天地的愿望

11岁的美国女孩麦琪患上了一种疾病，属于神经系统方面的，很难治疗。在这种疾病的压迫下，麦琪已经无法走路，连举手、吃饭也受诸多限制，并且日渐衰弱。医生对她是否能复原并不抱太大的希望，他们预测她的余生将在轮椅上度过。因为在医疗史上，患这种疾病的人几乎没有能够康复的。在这样的情况下，麦琪并没有畏惧。她躺在医院的病床上，向任何一个愿意倾听她诉说的人发誓，总有一天她会站起来走路。她还说，她要在跑道上跑出每秒9米的好成绩。

根据治疗需要，麦琪被转诊到一所位于旧金山的一家复健专科医院，所有适用于她的治疗方法都用上了。这里的治疗师被她不屈的意志深深折服了，他们教她运用想象力来进行自我治疗，这种方法就是不断想象自己在走路。虽然这种想象法可能不能使她走路，但至少能够给她希望，让她在冗长乏味的病榻时日里，能有一种积极向上的精神状态。

在旧金山的日子里，不论是物理治疗、药物治疗，还是运动治疗，麦琪都竭尽全力配合。躺在床上时，麦琪也在认认真真地做想象治疗。她反复想象自己能迈步了，能小跑了，真正地像常人那样能行动了……

有一天，在麦琪再度使尽全力想象自己的双腿又能行动时，似乎奇迹真的发生了：床动了！床开始在房间里到处移动！她大叫："看啊！看啊！看看我！我动了！我可以动了！"

此时，医院里每一个人都在尖声叫着。他们在大吵大嚷的同时，不是去向麦琪道贺，而是寻找遮蔽物。原来旧金山发生了地震。医疗器材接二连三倒地，窗户上的玻璃也碎裂了。在一片混乱情景下，那些被麦琪不屈不挠精神所感动的人们没有忘记一条，就是相信麦琪真的能行动了，而不是告诉她是地震在作怪！

短短的一年时间后，麦琪又回到学校上课了。这时她已经可以像正常人一样行走了，并且在朝每秒9米的短跑速度迈进。瞧，11岁的麦琪"震动"了旧金山的土地，假若你也能震动大地，那么你也能做出常人所不能做出的事情。

当然，旧金山大地震与麦琪的治疗风马牛不相及，两件事情纯属巧合。任何一件事情再感人至极，也不会感动大自然。但是每个人都应该有这样的想法：努力去做，说不准真的会感动天地！

（原野）

美德馨语

身处困境并不可怕，可怕的是你在困境之中丧失战胜苦难的斗志和决心，自暴自弃。没有哪一种人天生就是弱者，没有哪一种生活是原本就该如此的。永不放弃的顽强精神才是战胜一切的武器。

心灵成长感悟

★ 麦琪的故事有没有带给你心灵的触动和震撼？

★ 当你遇到困难的时候，有没有人向你提供过善意的帮助，你是怎样对待的呢？

名人美德花园

邓亚萍：人生没有"不可能"

邓亚萍从小就有一股练球的痴迷劲头，并把成为一名优秀的乒乓球运动员作为自己一生的理想。身为乒乓球教练的父亲对此也感到十分欣慰。他给邓亚萍制订了一个系统的训练计划。在父亲的训练下，邓亚萍技艺超群，小小年纪就打败了很多成人对手。邓亚萍打球时总是特别投入，简直像是在玩命。

后来，为了进一步挖掘邓亚萍的潜力，父亲送女儿进省集训队。邓亚萍没有辜负爸爸的希望，在几个月的集训中，她所向披靡，和她打球的队员都怕她三分。单纯的小亚萍满心喜悦地等待进省队的通知。

谁知半个月过去了，小亚萍等到的却是"个子太矮，没有发展前途"的答复。

伤心的邓亚萍放声大哭，她对爸爸说："爸爸，我不矮，我能行！我要进省队，我要当一个好运动员，我一定能拿到冠军，这个世界没有'不可能'的……"女儿的哭声坚定了爸爸帮助女儿实现理想的决心。

第二天，父亲带着小亚萍又来到郑州市乒乓球队。教练李凤朝毅然决定收下这个除个子不高之外，其他条件都有明显优势的小姑娘。

来到市乒乓球队以后，邓亚萍非常珍惜这次可以实现自己理想的来之不易的机会，她从来不因为个子矮小而减少自己的训练量和训练强度。她相信别人能做到的事情，自己也一定能做到，而且她还坚信自己一定能做得更好。只要坚持到底，一定能实现自己的理想。

有一次训练，身材矮小的邓亚萍拼命追赶，仍然不能按时跑完 3000米。教练铁青着脸，二话没说，命令小亚萍再跑一次，如果还不合格就再继续跑……小亚萍的倔劲儿上来了，一言不发地跑着。

教练看着大口大口喘着气、脚都抬不起来的小亚萍，心里有点儿不忍，便命令她停下来，用罚款 5角的办法作为警示，并明确告诉小亚萍，什么时候合格，什么时候来领罚款。

小亚萍没有气馁，她知道教练的用心良苦，也知道自己的不足，要打好球，就要有比别人更强的体力，能更灵活地跑动。同时，小亚萍深信在自己的努力下，一定能够做到这一点。

在操场上，她不停地练习，不跑完、不达标誓不罢休。经过一次又一次的训练，她终于突破了自己，在规定时间内跑完了 3000 米。

没有什么不可能。坚定自己的理想，尽自己最大的努力，理想这盏指路明灯就会引导我们从平凡走向杰出。

邓亚萍没有辜负所有人对她的期望，用她的刻苦努力和自强不息一次次突破了常人眼中的"不可能"。在球场上，她所向披靡，她成了中国乃至世界上最棒的乒乓球运动员。

（佚名）

名人小档案

邓亚萍，河南郑州人，著名乒乓球运动员，在运动生涯中，获得过 18 个世界冠军。她是第一个蝉联奥运会乒乓球金牌的球手，曾获得 4 枚奥运金牌，被誉为"乒乓皇后"，是乒坛里名副其实的"小个子巨人"。2001 年北京申奥团成员之一，北京申奥形象大使。2009 年 4 月 16 日，就任共青团北京市委副书记。2010 年 9 月 26 日，就任人民日报社副秘书长兼总经理。

第九辑

自律，为坦荡人生买一份保险

而它还是疯狂地往前冲，像一阵风似的，路也不看，方向也不辨，一股劲儿冲下深谷，摔了个粉身碎骨。

脱缰的马儿

一位骑师精心训练了一匹好马，骑起来得心应手。只要他把马鞭子一扬，那马儿就乖乖地听他支配，而且骑师说的话，马儿句句都明白。

骑师认为用言语指令就可以驾驭马了，再给这样的马加上缰绳是多余的。有一天，他骑马外出时，把缰绳解掉了。

马儿在原野上驰骋，开头还不算太快，仰着头抖动着马鬃，雄赳赳地高视阔步，但当它发现任何约束都已经解除了的时候，英勇的骏马就越发大胆了。它目若闪电，头脑充涨，再也不听主人的叱责，越来越快地飞驰在辽阔的原野上。

不幸的骑师如今毫无办法控制他的马了，他想用颤抖的手把缰绳重新套上马头，但已经无法办到。失去羁控的马儿撒开四蹄，一路狂奔着，竟把骑师摔下马来。而它还是疯狂地往前冲，像一阵风似的，路也不看，方向也不辨，一股劲儿冲下深谷，摔了个粉身碎骨。

"我的可怜的马呀，"骑师好不伤心，悲痛地大叫道，"是我一手造就你的灾难，如果我不冒冒失失地解掉你的缰绳，你就不会不听我的话，就不会把我摔下来，你也就绝不会落得这样凄惨的下场。"

（佚名）

美德馨语

没有不加限制的自由，自由也不是完全不受任何约束。一旦你解除了约束，自由就会如脱缰的野马，到头来，只落得毁灭的下场。因此，在成长的过程中，你要学会约束自己，懂得自律。

心灵成长感悟

★ 这匹马是不是你见过的最愚蠢的马？但有时候我们也会和它一样犯一些愚蠢的错误，想一想是不是这样？

★ 当你生气的时候，就在一个木桩上钉一颗钉子。当你不生气的时候，就把这颗钉子拔下。一个月后，看看木桩上留下了什么？你从中明白了什么呢？

名人美德花园

高尔基：高贵的心灵时刻懂得自律

有一年冬天，莫斯科远郊的一个小镇，冰天雪地，寒气逼人。一个阴冷的下午，小镇上唯一的一家剧院门口排起了长长的队伍。镇民穿着厚厚的大衣，高高的皮靴，又长又宽的围巾绕在头颈上，连同嘴巴一块儿裹住了。妇女头上扎着羊毛头巾，男人则戴着毛茸茸的皮帽。看不清每个人的五官，只看见一双双眼睛和一只只鼻子。

他们在排队买票，城里话剧院这次到镇上演出的是高尔基的戏剧《底层》。恰巧，高尔基外出开会，回来时冰雪封住了铁路，火车停开，所以就在这个小镇临时住了下来。这天他散步经过小镇戏院门口时，发现镇民正排队购买《底层》的戏票，心想：不知道镇民对《底层》反应如何？不如也坐进戏院，观察观察镇民对该剧的褒贬意见。心里想着，脚就移向戏院门口的队伍，高尔基也排队买了票。他刚回身走出没多远，只听身后有追上来的脚步声，回头一看，是一位男子跑了过来。那男子跑到高尔基跟前，打量着，谨慎地问道："您是阿列克塞·马克西莫维奇·彼什科夫同志吧？"

"是，我就是。您——"高尔基好奇地问道。

"我是戏院售票组的组长。刚才您买票时，我正在售票房里，我看着您面熟，但您戴着围巾和帽子，我一下子不敢确认是您。您走路的背影，使我越发感到您可能就是高尔基，所以我跑过来问问您。"

"噢。"高尔基和蔼地笑了。他握住售票组组长的手说："现在，您认出我了。有什么事要我帮忙吗？"

"嗯，没什么。只是，这钱请您收回。"售票组长从衣兜里掏出钱递给高尔基。

"这是为什么？"高尔基奇怪地问。

"实在对不起，售票员刚才没看清是您，所以收了您买票的钱，现在我来退回给您。请您多包涵！"

"怎么，我不能看这场戏？"高尔基越发感到奇怪了。

"不，不是这个意思。这个戏本来就是您写的，您看就不用花钱买票了。"组长解释道。

"噢，是这样。"高尔基明白了。他想了想，问售票组长道："那布是纺织工人织的，他们要穿衣服就可以不花钱，到服装店去随便拿吗？面包是面粉厂工人把小麦加工制粉后做成的，工人们要吃面包就可以不花钱，到食品仓库里去随便取吗？我想您一定会说，这不行吧。那么，我写的剧本一旦上演，我就可以不论何时何地地到处白看戏吗？"

"这——"售票组长一时无话以对。

"告诉您吧，同志，除领导上规定的观摩活动以外，我们自己看戏看电影，一律都要像普通人一样地照章办事。就像现在，我要看戏，就得买票。"说完，高尔基乐呵呵地笑了起来。

"您真是的，一点也没有大文豪的架子。"售票组长也笑了起来。说着，他们愉快地道别了。

（佚名）

名人小档案

马克西姆·高尔基（1868—1936年），原名阿列克塞·马克西莫维奇·彼什科夫，也叫斯克列夫茨基，前苏联伟大的无产阶级作家、社会活动家。他塑造了一系列工人和无产阶级革命者的英雄形象，抨击了西方资本主义制度和反动思潮。代表作有《海燕之歌》，自传体三部曲《童年》、《在人间》、《我的大学》等。

命运女神不见了，眼前只剩下褡裢袋，一如往昔，一贫如洗。只好继续沿街乞。

命运女神和乞丐

一个乞丐身背一个破旧的褡裢袋，挨家挨户乞讨。他一面抱怨自己的命运太悲惨，一面观察着人世间的奇怪事情。

有些身住高楼大厦的人们，金银财宝用之不尽，生活富裕舒适，可他们却从来不知满足。甚至有的人穷奢极欲，贪得无厌，到后来往往倾家荡产，一无所有。

例如，那幢房子的旧主人，经营买卖本来一帆风顺，赚了一大笔钱，但他不肯安享晚年，非要在春天派船出海，想在海外再赚回一座金山。可是船在海上遇了难，船上的金银财宝全被大海吞没，船也沉入海底，他想发财的愿望也就变成了一场梦。

突然，命运女神出现在乞丐面前，和蔼地说道："其实我早就想帮助你，我这有一大堆金币，请你把袋子打开，我要用金币把它装满。不过我必须要告诉你落入袋子里的将全是金币，如果金币从袋子里掉在地上，那就会立刻化为尘埃。请当心，我已预先警告了你，你的袋子已经破旧不堪，可别装得太多，免得被撑破。"

乞丐听罢，高兴得几乎无法呼吸，他觉得自己似乎飘了起来，一时间有些忘乎所以！他连忙把袋子撑开，于是闪闪发光的金币，就像黄金雨似的流进褡裢袋，袋子越来越沉。

"够了吗?"

"不够。"

"可不要把袋子撑破!"

"无须顾虑。"

"瞧，你现在已经十分有钱，就要成为大财主啦。"

"请再给一点儿，哪怕是一小把金币!"

"喂，满了，你看，袋子要破了!"

"再给一点点吧!"

袋子突然被撑破，金币全都洒在地上，变成了一堆尘土。命运女神不见了，眼前只剩下褡裢袋，乞丐一如往昔，一贫如洗，只好继续沿街乞讨。

（克雷洛夫）

美德馨语

人的本性本就存在着美与丑两个方面，如果说贪得无厌是人的劣根性，那么能够自制就是人性的光辉亮点。谁都容易掉进贪婪的泥潭，唯有克制自己才是救助自己的绳索。时刻记住：贪婪容易，自制难。一时的获利或许会令你兴奋不已，但到最后，你就会发现你终将一无所获。学会自制，知足常乐，这才是我们为人处世的基本法则。

心灵成长感悟

★ 你知道乞丐之所以得不到金币的真正原因是什么吗？

★ 从乞丐的身上，你会得到怎样的教训呢？

★ 你知道自己有哪些缺点或不良习惯吗？你打算以后怎么克服它们呢？

名人美德花园

贝利：生命的价值与自律相依在一起

贝利从小就显现出非凡的足球天赋，他常常踢着父亲为他特制的"足球"——用一个大号袜子塞满破布和旧报纸，然后尽量捏成球形，外面再用绳子捆紧。贝利经常光着黑瘦的脊梁，在家门前那条坑坑洼洼的小街上，赤着脚练球。尽管他经常摔得青一块紫一块的，但他始终不停地向着想象中的球门冲刺。

渐渐地，贝利有了些名气，许多人常常跟他打招呼，还向他递烟。像所有未成年人一样，贝利喜欢吸烟时的那种"长大了"的感觉。

有一次，当贝利在街上向别人要烟的时候，父亲刚好从他身边经过。父亲的脸色很难看，贝利低下头，不敢看父亲的眼睛。因为他看到父亲的眼睛里有一种忧伤，有一种绝望，还有一种恨铁不成钢的怒火。

父亲说："我看见你抽烟了。"

贝利不敢回答父亲，一言不发。

父亲又说："是我看错了吗？"

贝利盯着父亲的脚尖，小声说："不，你没有。"

父亲又问："你抽烟多久了？"

贝利小声为自己辩解："我只吸过几次，几天前才……"

父亲打断了他的话，说："告诉我味道好吗？我没抽过烟，不知道烟是什么味道。"

贝利说："我也不知道，其实并不太好。"说话的时候他突然绷紧了浑身的肌肉，手不由自主地往脸上捂去，因为，他看到父亲猛地抬起了手。但是，那并不是贝利预料中的耳光，父亲把他搂在了怀中。

父亲说："你非常有足球天赋，也许会成为一名优秀的运动员，但如果你抽烟、喝酒，那么你将不能在 90 分钟内保持一个较高的水准。这事由你自己决定吧。"父亲说着，打开他瘪瘪的钱包，里面只有几张皱巴巴的纸币。"你如果真想抽烟，还是自己买的好，总跟人家要，太丢人了，你买烟需要多少钱？"

贝利感到又羞又愧，眼睛里涩涩的，可他抬起头来，看到父亲的脸上已是泪水纵横……后来，贝利再也没有抽过烟。他凭着自己的勤学苦练，终于成了一代球王。

（佚名）

名人小档案

　　贝利，20 世纪最伟大的足球明星之一，被喜爱他的人尊为"球王"。第六、七、九届世界杯冠军，1980 年被欧美 20 多家报社记者评为 20 世纪最杰出的运动员之首，1987 被授予国际足联金质勋章，1999 被奥委会选为"世纪运动员"。

有时候一步就是一生，一念之差就是天壤之别，几秒就可以决定我们
的人生成败。

坚守自己的声音

一位在电视台工作的朋友给我讲过这样的故事。

朋友在一家地级电视台主持一档收视率很高的生活节目。有一段时间他家里厄运接踵而至：他年近 80 岁的老母亲不慎从楼梯摔了下来，半身不遂住进了医院；儿子误食了过期的早点，中毒也住进了医院；妻子因单位效益不好而被分流下岗；高达十几万的住房贷款也到期了，银行的催款通知单一封接一封。这些生活的磨难一浪高过一浪，他几乎崩溃了。他一个人费了好多周折从外地漂泊到南方刚站稳脚跟，各方面条件非常单薄。可想而知他当时有多么苦闷艰难。

有一天上镜前，朋友接到一家私营企业老板的电话，那位老板许诺，只要他在节目中用几句话宣传一下他们公司的产品，就给他一笔数万元的报酬。如果在节目中朋友将这个变相广告做得含蓄一点儿，谁也看不出破绽，也不怎么影响整个节目播出的质量，而且仅仅靠几句话他就能在短短的十几秒时间内得到几年挣不了的钱。那个电话扰乱了朋友的心，当时他太需要钱了！

进入直播室时他一直在作思想斗争。不知为什么他的脑海中跳出了母亲说过的一句话。小时候邻居家的鸡经常跑到他家的草垛里来下蛋，有一天，他偷偷拿了邻家鸡下的一个蛋，被他母亲发现了。他母亲语重心长地对他说："小时候偷一斗油，长大了偷一头牛。"这句话就像一根针，深深地扎在了他幼小的心田。

朋友很快静下心来，从容进入主持状态。他对那家公司只字未提，很轻松地做完了那档节目。

节目播出后，接上级通知，要审查他的那档节目，如审查通过将选送省台参加一项大奖的角逐。最后他的节目顺利通过了审查，而且在省里获得了一项大奖，朋友也因此获了金话筒奖。

不久，给他打电话的那家公司因生产假冒伪劣商品而被工商部门查出后在全市曝光。

那位朋友说："如果我在一念之差下为了高额报酬而放弃自己的原则，后果真不敢设想。多亏母亲的那句话让我清醒了，否则，我的前途就毁于这一念之差。"

有时候一步就是一生，一念之差就是天壤之别，几秒就可以决定我们人生的成败。朋友，这一步你能迈好，这一念你能清醒，这几秒你能把握吗？

（马国福）

美德馨语

在成长的过程中，你多少会遇到一些陷阱，而这些陷阱中最为可怕的一种就是你因为贪婪而亲自挖掘的。也许一时的贪心并没有给你带来祸事，但贪心的蛀虫会钻进你的心里，将来你可能会为之付出更大的代价。贪婪会使你忽略了你的缺点，不顾一切地去满足你的欲望。一旦贪婪遮住了你的双眼，你便无法看到危险的存在，人生从此陷入险境。

心灵成长感悟

★　如果那位朋友接受了那份报酬，结果会怎样呢？

★　每个人都只应该拿自己应得的那一份。但有的人会错误地认为，只要是自己遇到的都应该归自己所有。你怎样理解"自己应得的那一份"的？

名人美德花园

许衡：自律是一种人生境界

有一天，许衡独自赶路，当时正是炎热的夏天，烈日像火球一样炙烤着大地。许衡由于长时间赶路而汗流浃背、口干舌燥，他多么希望能找个阴凉的地方歇一歇，喝点水解解渴。走着走着，他遇到了几个商贩在一棵大树下乘凉，那帮商贩也都又热又渴，却找不到一滴水。

这时，从远处跑过来一个人，怀里捧着东西，边跑边大声喊："喂，前面有梨树，大家快去摘呀！"商贩们一听，急忙起身望去，刚才叫喊的那个人果真捧着几个让人垂涎欲滴的大梨回来了。这一来，商贩们都乐坏了，赶忙收拾东西去摘梨。可是，许衡却一动没动。

有个商贩奇怪地问："你为什么不去摘梨呢？"

许衡反问道："梨树的主人在吗？"

商贩们都说："梨树的主人不在，但天气这么热，摘几个梨解渴也没什么大不了的。"

许衡认真地说："梨树现在虽然没有主人看管，难道我们自己的心也没有主吗？我心里是有主的，不是我自己的东西，不经过主人允许，我是绝不会去拿的。"

（佚名）

名人小档案

　　许衡（1209—1281年），字仲平，学者称之鲁斋先生，我国元代一位百科全书式的通儒和学术大师，中国13世纪杰出的思想家、教育家和天文历法学家。在思想、教育、历法、哲学、政治、文学、医学、历史、经济、数学、民俗等方面皆有颇深的造诣和卓越的建树。

　　每当遇到有悖于良心道德的事情时，我的眼前总是会一次又一次地浮现出那条难忘的大鲈鱼。

放鱼归湖的心怀

　　在奥普多湖的中心岛上，一个11岁的男孩常常坐在他家小屋前的码头旁垂钓。

　　在开禁钓鲈鱼的头天晚上，男孩和父亲很早就来到了湖边，他把银白色的小饵食穿在鱼钩上掷往湖中。在落日的余晖里，鱼钩激起阵阵多彩的涟漪，水波又随着月亮的照射，荡漾起圈圈银光。

　　当渔竿被有力地牵动时，男孩明白水底下有条大鱼上钩了。父亲在一旁赞赏地看着儿子敏捷纯熟地沿着码头慢慢收钩。

　　男孩小心翼翼，终于把一条精疲力竭的大鱼提出了水面。这是他见到过的最大的一条鱼，是条鲈鱼。

　　父子俩兴奋异常地瞧着这尾大鱼，月光下隐约可见鱼鳃在翕动。父亲划根火柴看看手表，整10点——离开禁时间还差两小时。

　　父亲看看鲈鱼，又看看儿子，终于说："孩子，你必须把鱼放回湖里去。"

　　"爸爸！"儿子不禁叫了起来。

　　"我们还能钓到其他的鱼。"

　　"哪里能钓得到这么大的一条？"儿子大声嚷着。

　　与此同时，孩子举目环视，朗朗月光下见不着任何钓鱼人和捕鱼船，他又眼巴巴地看着父亲。尽管此时此刻没有任何人看见他们，也不会有

谁知道他是什么时候钓到这条鲈鱼的，但是从父亲坚定的语调里，男孩明白父亲的决定毫无通融的余地。他只好从大鲈鱼口中拔出鱼钩，将它放回深深的湖里。鲈鱼扑腾扑腾摆动了一下，它壮实的躯体便销声匿迹了。男孩满腹惆怅，他想他再也不会钓到这么大的鱼了。

事情过去几十年后，那个男孩已成为纽约一位功成名就的建筑师。他父亲的小屋仍然伫立在湖心小岛上，而今已为人父的他也常常带着自己的儿女到当年的码头来领略钓鱼的情趣。

的确，他再也没有钓到过那天晚上那么大的、那么令人爱不释手的鲈鱼。他时常提起那段往事，说："那次父亲让我放走的只不过是一条鱼，但是我从此学会了自律。那晚，在父亲的告诫下，我在心中树立了一把道德的尺子，有了这个开始，在人生的道路上，我处处严于律己。每当遇到有悖于良心和道德的事情时，我的眼前总是会一次又一次地浮现出那条难忘的大鲈鱼。"

（佚名）

◢ 美德馨语

放鱼归湖是一种高尚的境界，能否时刻遵守内心的道德底线将成为考验我们人格的试金石。在长长的一生中，请时刻牢记：为人不做亏心事！因为，在我们心底，一直有一双正直的眼睛在看着你。

◉ 心灵成长感悟

★ 你是否知道为什么人们要制定一个时间禁止钓某种鱼，比如说上面故事的父子俩刚好就在禁止钓鲈鱼的日期内钓到了一条大的鲈鱼，却必须放回去？

★ 查一查"网开一面"这个典故，说说你对它的理解。

★ 你觉得这个孩子幸运吗？

★ 名人美德花园

司马光：心中常留一面反省的镜子

司马光是北宋著名的政治家和史学家，从小就非常聪明，学什么会什么，因此很多人都称他是小神童。司马光也很得意，觉得自己很了不起。

有一天，司马光路过厨房时，一股香味迎面扑来，走进厨房一看，原来仆人正忙着做他最爱吃的八宝饭。司马光一见，立即嚷着要吃。可是，八宝饭还没有做好，怎么吃呢？一个机灵的仆人笑着逗司马光说："看到这些青核桃仁了吗？如果你能把核桃仁上的这层青皮剥掉，马上就可以吃到香喷喷的八宝饭了！"

司马光一听就乐了："这好办，你们等着，我很快就可以剥掉！"说完，跑出厨房，坐在院子里，认真地剥起核桃来。没想到，这层青皮虽然很薄，但是要想剥下来却并不容易。

一开始，司马光用指甲一点点地抠，可是，抠了半天，不但没有剥出几个核桃仁，反而捏碎了不少。就在司马光急得抓耳挠腮的时候，一个丫环走过来，悄悄告诉他："公子，你只要把核桃仁放进开水里泡一下，就可以很容易地剥掉皮了。"司马光试了一下，果然很灵，所以没一会儿工夫就把一大盆核桃仁都剥出来了。

看着白嫩嫩的核桃仁，司马光高兴极了，急忙拿去给姐姐看。姐姐惊奇地问："这都是你自己剥的吗？"司马光本来想说这是丫环教他的，可又怕丢面子，就说："当然了。"

司马光话音刚落，父亲就从旁边走过来，非常严肃地说："光儿，我刚才明明看到是丫环教你剥的，你怎么不肯承认？"被父亲一批评，司马光的脸顿时红了。

这时，母亲走过来说："光儿，你父亲说得对，是别人教你的就是别人教你的，来不得半点虚假，怎么可以撒谎呢？你应该好好地反省一下。"那天晚上，司马光就一直在房间里认真地反思自己。从那以后，他总是每隔一段时间就进行自我反省，看看自己哪些事情做得对，哪些事情做得不对，并且在遇到问题的时候虚心向别人请教，终于成为著名的历史学家和政治家。

（佚名）

名人小档案

　　司马光（1019—1086年），字君实，号迂叟，陕州夏县（现在属山西省夏县）涑水乡人，世称"涑水先生"，北宋著名的政治家、文学家、史学家，历仕仁宗、英宗、神宗、哲宗四朝。他主持编纂了中国历史上第一部编年体通史《资治通鉴》。他为人温良谦恭、刚正不阿，其人格堪称儒学教化下的典范，历来受人景仰。

父亲解释说："不，他并不是因为怕我才不喝的，而是因为从心里认识到这是约束自己的纪律，所以才不喝。"

上帝的奖赏

儿子六岁时，父亲带他去牧师家做客。吃早餐时，儿子弄洒了牛奶。照父亲定的规矩，洒了牛奶是要受罚的——只能吃面包。可是儿子很喜欢喝牛奶，而且主人还特地为他准备了精美的小点心。儿子的脸红了一下，看了看主人端上来的第二杯牛奶，却没有喝。

牧师热情地再三劝他喝牛奶，可儿子还是不肯喝。他低着头说："我洒了牛奶，就不能喝了。"

后来，牧师看了看坐在餐桌上正在吃早餐的父亲，以为是儿子害怕父亲说他才不敢吃，于是就找了一个借口让父亲离开了餐厅。

主人对小男孩说："喝吧，你爸爸现在不在这里，他不会知道的。"但小男孩还是不喝，并一再说："就算爸爸不知道，可是上帝知道，我不能为了一杯牛奶而撒谎。"

主人觉得十分震惊，把父亲叫进客厅说了这件事。父亲解释说："不，他并不是因为怕我才不喝的，而是因为从心里认识到这是约束自己的纪律，所以才不喝。"

后来，父亲来到儿子的面前对他说："你对自己良心的惩罚已经够了。我们马上要出去散步，你把牛奶喝了，不要辜负了牧师的心意，就当是上帝对你的奖赏吧。"儿子听父亲这么说后，才高兴地把牛奶喝了。

（佚名）

美德馨语

自律是一种美德，青少年无论做什么事都要严格要求自己，这样才能成就大事。因为这样是对你自己负责，并不是为了做给别人看，所以有没有人监督你并不重要。这就是做人的大智慧。

心灵成长感悟

★ 你和父母之间有什么约定吗？你是否遵循了这个约定？

★ 当你做错事后，你有没有对自己进行过惩罚？

★ 当你和伙伴们要一起去做一件事，可你却认识到做这件事是不应该的，那你还会继续吗？如果你不想做，可大家都在劝说你，或者都在取笑你是不敢做的胆小鬼，你会改变自己的想法吗？

名人美德花园

罗格·谢尔曼：做情绪的主人

罗格·谢尔曼原本出生低微，后来却当上了美国首届国会议员，一生都很注重自身的修养。

在谢尔曼已成为国会议员后的一天，他在会客室里阅读书刊。对面房间里的一个顽皮的男孩拿着一面镜子，将太阳光反射到谢尔曼的脸上。谢尔曼将椅子移开一点儿，但男孩依旧不知趣地继续恶作剧。当他第三次移动椅子时，那男孩还是反射阳光到他脸上。谢尔曼放下书，走到窗户前。很多旁观者都以为他会将这个顽劣的男孩训斥一顿，但他却轻轻地打开窗户，接着将百叶窗放了下来。

谢尔曼一直坚持在家中进行宗教仪式。一天清晨，他同往常一样召集家人一块祈祷，桌上摆放着一本陈旧的《圣经》。

他开始诵读《圣经》，坐在他旁边的儿子一直无法安静地听他诵读，谢尔曼停下来，叫他安静些。他接着读，可没过多久，又不得不停下来教训这个小调皮——小家伙非常好动，一刻也停不下来。这次，谢尔曼先生用手掌拍了拍他的脸蛋。这一掌，假如这也称得上是一掌的话，碰巧被他的老母亲目睹了。她吃力地站起来，颤巍巍地穿过房间，来到谢尔曼面前，当着众人的面令人意想不到地扇了他一耳光。她说："你打你的儿子，我也打我的儿子。"

谢尔曼的脸顿时涨得通红，但他很快就恢复了常有的平静和祥和。他停了停，拾起眼镜，瞧了瞧他母亲，接着又诵读起来。他镇定地读着，没有读错一个字。他的这一举动为他的家人树立了榜样。

（佚名）

名人小档案

　　罗格·谢尔曼（1721—1793 年），出生于马萨诸塞州的纽顿，曾经是一个鞋匠。1754 年，他通过考试，从事律师职业。他多次当选法官，曾被派往立法部、殖民立法部和美国国会，曾当选总督安全理事会成员。1776 年，他被委员会任命为代表，起草并签署了《独立宣言》。

第十辑

感恩的心灵永不会孤单

如果无法当面对有恩于自己的人表示感谢，那就对现在的生活和身边的人报以微笑。

感恩，用微笑来表达

清晨，我和妈妈踏着青石板路走进凤凰古城。江堤上的吊脚楼隐在群山里，连绵的青山笼罩在清晨的薄雾中。仿佛，我们走进的不是古老的凤凰城，而是一个梦幻般的仙境。就这样悠悠地漫步在凤凰古城，忽然一首悠扬的独奏曲从江边传来。我们寻声前去，望见在江边的拐角处有一位老爷爷正在吹葫芦丝。

我走近了，一个身穿苗族服饰、满脸沧桑的老人出现在我面前。他身材矮小，皮肤黝黑，脸上挂着菊花般的微笑。我发现这位老爷爷以卖葫芦丝为生，店铺是用四根粗粗的、圆圆的、姜黄色略带裂痕的柱子支起来的简陋的茅屋。墙上有几排架子，摆着一些颜色不同、大小不一的葫芦丝。圆柱上挂着一幅大相框，里面夹着几张照片和被装裱起来的报纸。照片中最大的一张是老爷爷和一位外国游客的合影，照片中的老爷爷慈祥地微笑着。报纸上有一篇报道，题目是"笑着过日子的凤凰老人"，还配有一张图片。图片上的老爷爷还是带着灿烂的笑、菊花般的笑，似乎这种笑是永远不会被抹去的。

我好奇地向本地人打听老爷爷的情况。他们说这位老人是本地人，

无儿无女，孤苦伶仃，靠每天在江边捡饮料瓶、卖废品为生，但他最喜欢吹葫芦丝。一天，一群外地来的游客被他动听的葫芦丝声吸引，了解了老人的处境后，素不相识的他们毅然决定帮助这位老人。于是大家凑钱，为老人建了这间小屋，并帮老人买了一些装葫芦丝的精致的盒子。一切安排妥当后，那些游客走了。从此老爷爷天天在江边吹葫芦丝，等待那些帮助他的好心人，一扫原来愁苦的面容。为表达对他们的感激，老爷爷选择了微笑，他灿烂的笑容和欢快的乐曲成了凤凰城又一处鲜活的风景。

老爷爷的微笑强烈地吸引了我，也许在他心里，对每一位游客他都应该给予感恩的微笑吧，我的心中涌起一种感动。我走进店铺要求和老爷爷合影，老爷爷欣然同意，还从架子上给我取下一支葫芦丝，教我吹拿的姿势。我认真地摆着和老爷爷一样的动作，妈妈快速地举起照相机一下拍了三张。我小心翼翼地把葫芦丝还给老爷爷，又看见了他脸上那感恩的微笑、自信的微笑。临别时，尽管我们没有买一支葫芦丝，老爷爷依然站起身，边吹葫芦丝，边跳着苗家人独有的舞步，脸上带着快乐的微笑和我告别。

别了，凤凰城！别了，老爷爷！你的葫芦丝让我着迷，你感恩似的微笑更让我沉迷。你让我明白了：如果无法当面对有恩于自己的人表示感谢，那就对现在的生活和身边的人报以微笑。我要向你学习，心存感恩，就用微笑来表达。微笑着生活，在生活中微笑。

（王雪萌）

美德馨语

微笑是什么？有人说是表情、是心情。其实，微笑也可以是一种感恩。用微笑面对家人；用微笑接受他人的祝福；用微笑感谢所拥有的一切！我们便将拥有无法比拟的美丽人生。也许我们每个人都曾埋怨：埋怨成绩不够优秀，埋怨工作不够顺利，埋怨生活不够富足，埋怨生活中有太多的不如意。如果我们每天都这样述说着自己的埋怨，我们便变得喋喋不休、痛苦不堪。但如果我们能抬起头来，对着太阳微笑，以一种感恩的心情看待生活，我们会发现生活中值得我们感激的东西实在是太多了。

心灵成长感悟

★ 游人帮助了老爷爷，老爷爷的微笑又给其他游人带来了欢乐，受到感染的人又会去帮助其他陌生人……终有一天，这爱心会回到那些施助于老爷爷的人身上的。爱心是一个循环链，如果每个人都去传递就不会断开。想到这个，你是否觉得自己也是在一个传递爱心的"接力赛"中？

★ 让身边的人告诉你，你每天都在微笑吗？如果没有或者很少微笑，你该怎么办呢？

名人美德花园

霍金：为自己所拥有的而感恩

提起霍金，人们就会想到这位科学大师那深邃的目光和宁静的笑容。世人推崇霍金，不仅仅因为他是智慧的英雄，更因为他还是一位人生的斗士。

有一次，在学术报告结束之际，一位年轻的女记者捷足跃上讲坛，面对这位已在轮椅上生活了30余年的科学巨匠，深深敬仰之余，她又不无悲悯地问："霍金先生，卢伽雷病已将你永远固定在轮椅上，你不认为命运让你失去太多了吗？"

这个问题显然有些突兀和尖锐，报告厅内顿时鸦雀无声，一片静谧。

霍金的脸庞却依然充满恬静的微笑，他用还能活动的手指，艰难地叩击键盘，于是，随着合成器发出的标准伦敦音，宽大的投影屏上缓慢而醒目地显示出如下一段文字：

我的手指还能活动，

我的大脑还能思维；

我有终生追求的理想，

有我爱和爱我的亲人和朋友；

对了，我还有一颗感恩的心……

心灵的震颤之后，掌声雷动。人们纷纷拥向台前，簇拥着这位非凡的科学家，向他表示由衷的敬意。

（佚名）

名人小档案

斯蒂芬·威廉·霍金，剑桥大学应用数学及理论物理学系教授，当代最重要的广义相对论和宇宙论家。20世纪70年代他与彭罗斯一道证明了著名的奇性定理，为此他们共同获得了1988年的沃尔夫物理奖。他因此被誉为继爱因斯坦之后世界上最著名的科学思想家和最杰出的理论物理学家。他还证明了黑洞的面积定理。不幸的是，他21岁时身患卢伽雷氏症，之后逐渐全身瘫痪并失去了说话能力，致使以后的几十年都被禁锢在了轮椅上。霍金的著作《时间简史》是受到全球读者好评的科普读物。

当你得到过别人爱的温暖，而生活让你懂得了把这温暖亮成火把，从而去照亮另外的人的时候，不要忘了，这就是生活对爱的最高奖赏。

生活对爱的最高奖赏

一个鞋匠，在这条街的拐角处摆摊修鞋有好多个年头了。

一个冬天的傍晚，他正要收摊回家的时候，一转身，看到一个孩子在不远处站着。看上去，孩子冻得不轻，身子微蜷着，手已经冻裂了，耳朵通红通红的，眼睛直愣愣地盯着他，眼神呆滞而又茫然。

他把孩子带回家的那个晚上，老婆就开始和他怄气。对于这样一个流浪的孩子，有谁愿意管呢？更何况，一家大大小小的几口人，吃饭已经是问题，再添一口人就更显困窘。他倒也不争执，低着头只是一句话："我看这孩子可怜。"然后便听凭老婆絮絮叨叨地抱怨。

尽管这样，这孩子还是留了下来。鞋匠则一边在街上钉鞋，一边打听谁家走丢了孩子。

两年多的时间过去了，并没有人来认领这个孩子，孩子懂事听话，而且也聪明。这家人逐渐喜欢上了这个孩子，家里即便拮据，也舍得拿出钱来，为孩子买穿的和玩的。街坊邻居都劝他们把孩子留下来，老婆也动了心思。有一天吃饭，她对鞋匠说："要不，咱们把他留下来。"鞋匠闷了半晌没说话，末了，把碗往桌上一丢："贴心贴肉，他父母快想疯了，你胡说什么。"

鞋匠还是四处打听，他一刻也没有放弃寻找孩子的父母。他央人写下好多的启事，然后不辞辛苦地贴到大街小巷。风刮雨淋之后，他就重新再来一遍。甚至一旦有熟人去外地，他也要让人家带上几份，帮他张贴。他把该想的办法都想了，他心中只有一个念头：一定要找到孩子的父母。

终于有一天，孩子的父母找来了，但只是说了几句感谢的话，就急匆匆地带着孩子走了。左右的人都骂孩子的父母没良心，鞋匠却没有计较。后来，一起摆摊的人说他傻。他只是呵呵地笑，什么也不说。

生活好像真拿鞋匠开了玩笑，这之后便再没有了孩子任何音信。后来，他搬离了那座小城，一家人掰着指头计算着孩子的岁数，希望长大了的孩子能够回来看看他们，但是，也没有。再后来又数次搬家。然而直到鞋匠去世，他也没有等到什么。

若干年后，有一个人因为帮助寻找失散的人而成了名，他在互联网上注册了一个关于寻人的免费网站。令人们惊奇的是，网站的名字竟然是鞋匠的名字。在网站显要的位置上，是网站创始人刊登的"寻人启事"，而他要寻找的，就是很多年以前，曾经给过流落在街头的他无限爱和帮助的一个鞋匠。

网站主页上，滚动着这样一句耐人寻味的话：当你得到过别人爱的温暖，而生活让你懂得了把这温暖亮成火把，从而去照亮另外的人的时候，不要忘了，这就是生活对爱的最高奖赏。

（选自马德《生活对爱的最高奖赏》，有改动）

美德馨语

感恩源于一颗懂得珍惜的心灵，更是一种被放大的爱。因为拥有感恩之心的人会主动回馈命运的恩赐，它会以辐射状向四周散发，惠及到身边每一个需要帮助的人。最初，这种感恩之心可能只是一种内在的精神修炼，但是时间长了，便会成为一种惠及他人的广阔胸怀。

心灵成长感悟

★　如果没有那个以鞋匠的名字命名的网站，你觉得鞋匠这样做值得吗？

★　当你遇到困难时，别人给予了你帮助，你报答别人了吗？你是怎么报答的？要是报答不了，你该怎么办呢？

名人美德花园

韩美林：感谢苦难

四年多的牢狱生涯、几次不幸的婚姻、历经苦难却心怀乐观、数以万计的书画作品、从深圳到大连的多个巨型城市雕塑，还有参与设计家喻户晓的北京 2008 年奥运会申办标志，以及曾在京城引起轰动、让人觉得中国美术馆需要扩建的"韩美林艺术大展"……这一切都在说明，这是一个充满了戏剧性和新闻性的不平凡人物。

韩美林曾因为莫须有的罪名，被迫害入狱长达四年零七个月，妻离子散，被打折了腿，被勒断了筋，还被撅断三根手指头。出狱后，他得不到平反，谨小慎微地活着，连追求爱情的勇气都没有。平反后，境遇好转，他又接连经历家庭的变故、朋友的背叛、还有一些批评家的"棍子"，以及让他到鬼门关边走一遭的大病一场。

但韩美林都挺过来了，因为他永远热爱生活，永远热爱艺术。身陷囹圄，他用来打发时光的是不停的观察，从蚂蚁搬家、蜘蛛结网到耗子偷食；他不停地画，没纸就在裤子上画，画破一块再贴上一块。四年中，韩美林"裤桌"上的补丁，竟有400多块！

当我们问他当时是不是觉得非常苦，他淡淡地说："有苦也有乐。酸甜苦辣，你不能光选甜；喜怒哀乐，你不能光选乐。"

他像忽然想起什么似的，笑着说："我当时看到小老鼠，就对它说，你怎么这么傻，你知道这是什么地方，你怎么也跟我一起来蹲监狱呢？"然后，他很认真地说，"当时看到这只小老鼠的时候，就感到这个生命真是可贵，蹲过监狱后，看到蚂蚁能够活下来，都觉得真是不容易，你别踩它。"

苦难没有摧毁韩美林，却塑造了韩美林。他说："我一生坎坷，从没有低过头，因为我想做一个好人，做个有用的人。我对待苦难一笑了之。我能有今天完全是苦难促成。我感谢苦难，感谢生活。"

（选自张云飞、孙梅《感谢苦难——近访韩美林》）

名人小档案

韩美林（1936年—），生于山东济南。1960年毕业于中央工艺美术学院，1979年当选为中国美术家协会理事。先后在国内外举办过多次艺术展，影响颇大。其著名的作品包括中国国际航空公司凤凰标志、1983年猪生肖邮票、1985年的《熊猫票》等，他创作的雕塑作品花岗石铸铜《五龙钟塔》入选了第26届亚特兰大奥运会标志雕塑。他还是北京申奥标志的设计者之一。

女教师也常常拉别的孩子的手，但老师的手在这个男孩的心里却有着非凡的意义，所以他要感谢这只手。

手的图画

在感恩节来临之际，美国洛杉矶的一家报社向一位小学女教师约稿，希望能得到一些家庭条件贫寒的孩子画的图画，图画的内容是他们想要感谢的东西。

孩子们听了很是兴奋，纷纷拿起笔来在白纸上描画了起来。女教师在心里猜想，这些贫民的孩子想要感谢的东西肯定是很少的，大部分孩子可能会画餐桌上的火鸡或冰淇淋。

当一个皮肤棕黑、头发卷曲的男孩把他的画交上来时，女教师一看那画不由吃了一惊，原来上面画的是一只手。

这是谁的手？这个抽象的表现使女教师一时很难理解，其他的孩子也纷纷猜测。

"这一定是上帝的手。"

"这是农夫的手，因为农夫们才喂养火鸡。"

女教师来到小男孩面前，低下头问他："你能说明一下，你画的是谁的手吗？"

男孩小声地回答道："老师，我画的是您的手。"

女教师一下子回想起来了：在放学后，她总是拉着他的黏糊糊的小手，送他走一段路。他家里非常穷，父亲酗酒，母亲瘦弱多病，没有工作，这男孩平日里总是穿着脏兮兮的破旧的衣服。当然，女教师也常常拉别的孩子的手，但老师的手在这个男孩的心里却有着非凡的意义，所以他要感谢这只手。

（佚名）

美德馨语

不经意间一个鼓励的眼神、拍着肩膀的手掌或者一句亲切的问候和安慰，会无形中温暖一个受伤的心灵或无助的灵魂。对于他来说，给予他这些的人比上帝身边的天使还要美丽。一个懂得感恩的人，是一个充满爱心的人，更是一个懂得责任的人，一个知道感恩的人，会更深刻地体会到幸福的涵义。

心灵成长感悟

★ 如果你要用图画表达感恩，你会画什么呢？

★ 想想，你有没有需要感谢的一只手、一个笑容或者是一个眼神等？

名人美德花园

蔡伦：将感恩转化为忠诚的行动

蔡伦是东汉桂阳蔡家村人。他7岁的时候，苦读诗书，15岁便中了秀才。6年之后的夏天，他骑马到京城长安前去赶考。来到京城附近，只见大道两旁桑林连绵，枝叶甚是茂盛。马由于连日兼程，又吃不上细草精料，见到这绿油油的桑叶，便边走边吃起来。蔡伦见已临京城门前，马口中仍大嚼桑叶，怕门卫见怪，便从马嘴里把桑叶余渣抠出，顺手甩在了城墙上。进城后，就找了家旅店住了下来。晚上正欲安歇，他忽然想起城墙上被他甩的一块桑渣，不禁有点后怕起来。心想，此乃皇城重地，如巡兵发现这块桑渣甩于城墙之上，岂不有污脏城池之罪！想到这里，他顾不得一日劳累，便挺身而起，趁着夜色，赶到城墙前，悄悄地把那块已经干透了的桑渣揭了下来。拿到手中一看，不禁感到十分惊奇！这片桑渣的贴面，不但光滑，而且十分柔韧。他忽然想到：若将此料加工制成大片，用来抄写文字，岂不比现用的竹板要好？他思忖了多时，只因应考事重，不能过多分心，就将此事暂压于心中。

可是在应考中，考场上作弊风甚重，结果才智过人的蔡伦，竟名落孙山。他气愤地回到家后，决心不再涉足官场，立志造纸而益于人民。他用石臼把树皮捣烂放在缸内搅拌后，用竹帘捞出，一层层积擦在一起，然后想再分张揭晒。可纸浆捞了不少，却总也揭撕不开。他只好气愤地把纸块置于架上，慢慢寻找其中的原因。没想到，家中养的一头肥猪，把纸架拱翻，纸块翻了个儿，干地将纸块吸去了水分，有几只麻雀竟把纸块啄开了边儿。蔡伦赶来用手把啄开的边儿慢慢地一揭，嘿，竟揭成了张儿。他心中大喜，边一张张地揭开贴在墙上，很快成了可用的纸张。随着纸的问世和广泛应用，蔡伦的名字，也很快传扬开来，前往求艺者甚多，连阳谷县也有人前往。蔡伦看到现造的纸张，由于韧性不够，只能书写，不能印刷的缺陷，正欲想法提高改进的当儿，不料他却被县令选为太监，上报了皇室。蔡伦闻此，感到宏图大志将化为泡影，心中甚为哀痛。可是皇命难违，只得含怨服从，到了宫中，蔡伦被分派专门伺候李娘娘。他在宫中处处小心谨慎，事事办得妥帖周到，甚得李娘娘得欢心。可是蔡伦改进造纸术的雄心，却仍未减退，因而在闲暇时，常常为之长吁短叹，并为此心愿未了而伤心流泪。李娘娘察知蔡伦心情不悦，一次便问他有何事忧伤？

蔡伦说："娘娘有所不知，我进宫前正从事纸张制造。但所造的纸，质地尚差，只能书写，不能印刷。我正想改进之时，却被送进宫中应差，宏愿难果，因此忧郁。"

李娘娘沉吟良久道："你有改进造纸工艺之心，甚可嘉许，可你身为太监，若擅自离宫，被人察知，将有杀身之罪，不知你有隐秘的去处吗？"

蔡伦道："阳谷县鲁庄村的张世明乃是我入宫前的高徒，如娘娘恩准，我可去那里了此心愿。"

娘娘道："既然如此，你可打点前往，宫中之事由我料理吧。"

蔡伦见娘娘如此通情达理，忙跪地谢恩。他草草打点了行装，暗中来到了阳谷县鲁庄村。曾跟他学徒的张世明，见师傅离宫专程来此，共同研究造纸技艺，心中不胜欣喜，随即召集手下工匠，摆酒拜师。蔡伦带领大家，在纸浆中又逐步增添了绳、麻、布、网诸料，终于造出了柔韧光滑的麻纸，解决了不能印刷和裱糊的难题，使这种多用途的纸张，很快地传遍了神州大地。

不久，这种纸张以贡品送到朝廷，皇帝看了心中大悦，随传旨让造纸工匠来京，接受封赏。这时蔡伦接到皇上传诏却惊恐不已。心想："我若进京接受封赏，定被察知，不但自身难保，也必将连累娘娘和家室，何必等此下场。"于是他回到内室便服毒而死，享年59岁。鲁庄村的纸匠见蔡伦未受封赏而身亡，无不哀声大哭。皇上听到回奏，也叹息不已，不但降旨厚葬蔡伦，立碑纪念，而且还亲笔题了碑文："室科甲地，亲封玉龙侯。"

（张文明）

名人小档案

蔡伦（63—121年）字敬仲，东汉桂阳郡耒阳（今湖南耒阳市）人。我国四大发明之一造纸术的发明者。造纸术的发明对人类文明作出了巨大的贡献。美国人麦克·哈特在《影响人类历史进程的100名人排行榜》中，将蔡伦排在第七位。

我并没有故意想要把它送给你，我希望最文雅的孩子能得到这块金币，是你选择了它，现在这块金币是属于你的了，算是对你的奖赏。

这块金币属于你

在一个小镇上，饥荒让所有贫困的家庭都面临着危机，对于他们来说，最起码的温饱问题都难以解决。

小镇上最富有的人要数面包师卡尔了，他是个好心人。为了帮助人们度过饥荒，他把小镇上最穷的 20 个孩子叫来，对他们说："你们每一个人都可以从篮子里拿一块面包。以后你们每天都在这个时候来，我会一直为你们提供面包，直到你们平安地度过饥荒。"

那些饥饿的孩子争先恐后地去抢篮子里的面包，有的为了能得到一块大点的面包甚至大打出手。当他们抢到面包后，立刻狼吞虎咽地吃完，甚至都没想到要感谢这个好心的面包师。

面包师注意到一个叫格雷奇的小女孩儿，她穿着破旧不堪的衣服，每次都在别人抢完以后，她才到篮子里去拿最后的一小块面包，她总会记得亲吻面包师的手，感谢他为自己提供食物，然后拿着面包回家。面包师想："她一定是回家和自己的家人一起分享那一小块面包，多么懂事的孩子呀！"

第二天，那些孩子和昨天一样抢夺较大的面包，可怜的格雷奇最后只得到了如昨天的面包一半大小的面包，但她仍然很高兴。她亲吻过面包师的手后，拿着面包回家了。到家后，当她妈妈把面包掰开的时候，一个闪耀着光芒的金币从面包里掉了出来。

妈妈惊呆了，对格雷奇说："这肯定是面包师不小心掉进来的，赶快把它送回去吧。"

小女孩儿拿着金币来到了面包师家里，对他说："先生，我想您一定是不小心把金币掉进了面包里，幸运的是它并没有丢，而是在我的面包里，现在我把它给您送回来了。"

面包师微笑着说："不，孩子，我是故意把这块金币放进最小的面包里的。我并没有故意想要把它送给你，我希望最文雅的孩子能得到这块金币，是你选择了它，现在这块金币是属于你的了，算是对你的奖赏。

希望你永远都能像现在这样知足、文雅地生活，用感恩的心去面对每一件事。回去告诉你的妈妈，这个金币是一个善良文雅的女孩儿应该得到的奖赏。"

（佚名）

美德馨语

要想拥有幸福的生活，就要怀有一颗感恩的心。当你只有半碗米饭的时候，不要埋怨上帝只给了你不够温饱的半碗饭，而要感谢上帝给了你延续生命的半碗米饭。一个不知道感恩的人，只会向别人索取，而不能给予社会什么，只能是一个自私自利的人，更严重的是，他们的生活会因此而缺少快乐，体验不到相互给予的快乐。

心灵成长感悟

★ 你知道为什么唯独只有那个小女孩懂得感谢面包师吗？从女孩的家人身上找线索。

★ 当妈妈为你做好一日三餐，让你美美地吃的时候，你有没有向她说声谢谢？

名人美德花园

王进喜：用感恩领跑工作激情

1205 队到大庆打的第一口井——萨 55 井开钻以前，王进喜站在一个钢丝绳的滚筒上，大声地说："我一到大庆就想开钻，恨不能一拳头砸出一口井来！黑天盼，白天盼，这一天终于来了，我们一定要狠狠地打，细心地打，不吃饭、不睡觉也要把萨 55 井打好，创出一个全国高纪录，向党报喜！"最后他领上工人高呼："打响第一炮，迎接大会战！"铁人话不多，但很有气势，他用他的激情感染着周围所有的人。

紧接着工人各就各位，严阵以待。王进喜大声问机房好了没有，司机们答："好了！"又问泵房好了没有，泵工们答："好了！"又问场地好了没有，场地工答："好了！"他大声宣布说："开钻！"吼声此起彼伏，真好像置身于战场，面对敌人就要往上冲一样。

看到这里，你是否感受到了一股力量，一股从所有石油工人身上所迸发出来的激情，是这种力量、这种激情鼓舞着他们不断向前冲。

那么是什么力量，使得王进喜能够爆发出工作的激情并不断感染着周围的人？是感恩！

王进喜 1923 年 10 月 8 日出生在甘肃玉门县的一户穷苦农家，在那黑暗的旧社会，农民的日子没法过。幼小的王进喜，6 岁拉着因打官司急瞎了双眼的父亲讨饭，10 岁进妖魔山给地主放牛，14 岁被抓，15 岁进玉门旧矿当童工，受尽了人间的悲苦。

1949 年 9 月 25 日玉门解放，1950 年春，新生的玉门油矿招工，王进喜经过两轮考试当上了钻工，成为新中国第一代钻井工人。

新生活与苦难的过去产生了巨大的反差。在这种反差中，王进喜开始了最初的奋斗，其出发点也相当地质朴：一定要报答党的恩情。

王进喜带着自己一颗感恩的心，积极努力工作，带领全班快打井、多打井，不断创造新纪录。由于表现出色他于 1956 年 4 月光荣入党，不久又当上了贝乌 5 队（1205 队前身）队长。

当了队长以后，他带领全队苦练技术本领，抓好安全工作，还创造了钻机整体搬家新方法，大打翻身仗，当年打井上万米，贝乌 5 队荣获先进青年钻井队的称号，把一个人称"豆腐队"的后进队带入了先进行列。同年，这个队受到了中央慰问团的慰问，上级领导还颁发了锦旗。

在一次次辉煌成绩的背后，王进喜从没有忘记过党的恩情，他的感恩是发自内心的，是真挚的。正因为如此，他才能不断在自己的事业中激发出无限的激情。

（佚名）

名人小档案

王进喜（1923—1970 年），大庆人的杰出代表，中国石油工人的光辉典范，中国工人阶级的先锋战士，中国共产党人的优秀楷模。他为祖国石油工业的发展和社会主义建设立下了不朽的功勋，给我们留下了宝贵的精神财富——铁人精神。

从那时起，两家人有过数次接触，原本娇生惯养的孩子不止一次卷起袖管，侍候达拉斯最贫穷的家庭之一，孩子们懂得了用自己的力量和行动回报别人、回报社会。

一个快乐的感恩节

有一对住在华盛顿的富有的夫妇，他们经常为如何教导孩子服务他人而烦恼。孩子们已习惯要什么有什么，接受他人的服务，至于服务他人，那简直是中古时代甚至像火星那样遥远的事。

于是孩子的父母准备了一个特别的活动。假期开始前一周，父亲告诉全家："这次感恩节我们要做点不一样的事。"

几个十几岁的孩子立刻坐直，因为通常在这种情形下，父亲会告诉大家一些特别有趣的活动，例如，到巴拿马群岛去玩小艇、拖曳的降落伞。但这次却不一样。

"我们一起到救济中心去，"他说，"去侍候穷人和流浪者吃感恩节晚餐。"

"我们要做什么？"

"爸爸，你在开玩笑，是不是？告诉我们你在开玩笑。"

······

由于爸爸的坚持，孩子们一起去了，但路上孩子们并不很高兴，他们很奇怪父亲怎么会做出这样的决定——到救济中心服务他人！若是朋友们知道会怎样想？

但是当天发生的事完全出乎孩子们的预料，之后也没人能想到有哪一天会比那天更美好。他们在厨房忙来忙去，把火鸡和调味料捧上餐桌，切南瓜派，添了无数杯咖啡。他们在小孩子面前扮小丑，听老人家说许久以前的感恩节故事。

父亲看到自己孩子的举动简直开心极了。

几周后，孩子们提出了要求："爸爸，我们想回到救济中心侍弄圣诞节晚餐！"

如同孩子们所盼望的，在那里遇见感恩节时认识的一些人。他们尤其记得一个有着特殊需要的家庭。当这家人在吃饭的行列中出现时，他们高兴极了。

从那时起，两家人有过数次接触，原本娇生惯养的孩子不止一次卷起袖管，侍候达拉斯最贫穷的家庭之一，孩子们懂得了用自己的力量和行动回报别人，回报社会。

（佚名）

美德馨语

感恩是爱的根源，也是快乐的根源。如果我们对生命中所拥有的一切能心存感激，便能体会到人生的快乐、人间温暖以及人生的价值。感恩不是炫耀，不是停滞不前，而是把所有的拥有看做是一种荣幸、一种鼓励，在深深感激之中进行回报的积极行动，与他人分享自己的拥有。

心灵成长感悟

★ 我们中国没有感恩节，请你写一封信给市长，说服他设立一个属于本市的感恩节。

★ 你有没有经常去公共场合参加一些义务劳动？如果让你去关爱之家，你可以做什么？

名人美德花园

李嘉诚：挥之不去的感恩情愫

李嘉诚早年由于生计所迫，14岁时就到港岛西营盘的春茗茶楼当了一名小伙计。在这间茶楼，发生了一次使李嘉诚终生难忘的"饭碗危机"。

一位生意人在大谈生意经，李嘉诚听得入迷，竟忘了伺候客人茶水，听到大伙计的提醒后，才慌里慌张地为客人冲开水，结果不小心洒到了客人的裤脚上。老板立即跑过来，大声斥责李嘉诚，不料那生意人茶客却为李嘉诚开脱说："不怪他，是我不小心碰了他。"

茶客走后，老板对李嘉诚说："我知道是你把水洒到了客人的裤脚上。以后做事千万得小心，万一有什么错失，要赶快向客人赔礼，说不定就能大事化小。这客人心善，若是恶点，不知会闹成什么样子。开茶楼，老板伙计都难做。"

李嘉诚的母亲知道这件事后，说："菩萨保佑，客人和老板都是好人。"她又告诫儿子，"种瓜得瓜、种豆得豆，积善必有善报，作恶必有恶报"。

李嘉诚从此再也没见过那位好心的茶客，他成为巨富后对友人说："这虽然是件小事，在我看来却是大事。如果我还能找到那位客人，一定要让他安度晚年，以报答他的大恩大德。"

（佚名）

名人小档案

李嘉诚，统领长江实业、和黄集团、香港电灯、长江基建等集团公司，全球华人首富，全世界华人最成功的企业家。14岁投身商界，22岁正式创业，半个世纪的奋斗始终以"超越"为主题，被世人称之为"超人"。